典藏

中国学术名著丛书

朱自清

中国歌谣

U0782411

吉林出版集团股份有限公司

图书在版编目（CIP）数据

朱自清：中国歌谣/朱自清著.—长春：吉林出版集团股份有限公司，2016.7（2022.2重印）
（中国学术名著丛书）
ISBN 978-7-5581-1201-0

Ⅰ.①朱… Ⅱ.①朱… Ⅲ.①民间歌谣–文学研究–中国 Ⅳ.①I207.7

中国版本图书馆CIP数据核字〔2016〕第159331号

朱自清：中国歌谣

著　　者	朱自清	
出版策划	杜贞霞	
责任编辑	王　平	
封面设计	映象视觉	
开　　本	710mm×1000mm　1/16	
字　　数	184千	
印　　张	13.5	
版　　次	2016年9月第1版	
印　　次	2022年2月第3次印刷	

出版发行	吉林出版集团股份有限公司
电　　话	总编办：010-63109269
	发行部：010-63109269
印　　刷	众鑫旺（天津）印务有限公司

ISBN 978-7-5581-1201-0　　　　　　　定价：46.00元

目 录

一 歌谣释名

歌谣与乐 《诗经·魏风·园有桃》里有一句道："心之忧矣，我歌且谣。"《毛传》说，"曲合乐曰歌，徒歌曰谣。"陈奂《诗毛氏传疏》九申其义云："'合乐曰歌'释'歌'字。《周语》，'瞽献曲'，韦注云，'曲，乐曲。'此'曲'之义也。'徒歌曰谣'释'谣'字。《尔雅·释乐》，'徒歌谓之谣。'此传所本也。《说文》，'䚥，徒歌。'䚥，古'谣'字，今字通作'谣'。《初学记·乐部上》引《韩诗章句》云，'有章曲曰歌，无章曲曰谣。'章，乐章也；'无章曲'，所谓'徒歌'也。《正义》云，'此文"歌""谣"相对，谣既徒歌，则歌不徒矣。《行苇传》曰，"歌者，合于琴瑟也"。'案《行苇传》作'比于琴瑟'，孔依此传言'合乐'意改之耳。"

成伯玙《毛诗指说》引梁简文《十五国风义》也说："在辞为诗，在乐为歌。"（见阮元《经籍籑诂》）本来歌谣都是原始的诗，以"辞"而论，并无分别；只因一个合乐，一个徒歌，以"声"而论，便自不同了。但据杜文澜《古谣谚·凡例》，"合乐"又有两种：一是"工歌合乐"，（原注）如《史记·乐书》载《乐府太乙歌》、《蒲梢歌》。一是"自歌合乐"。（原注）如《史纪·高祖纪》，击筑为《大风歌》。"一则本意在于合乐，非欲徒歌；一则本意在于徒歌，偶然合乐。故琴操、琴曲、琴引之类，从容而成，已著翰墨者，固与徒歌迥殊；（原注）如《后汉书·蔡邕传》所作《释诲》，末附琴歌。仓促而作，立付纮征者，仍与徒歌相仿。"（原注）如《琴操》卷上载《公无渡河箜篌引》。姑不论杜氏所举的例如何，这后一种是仍当属于谣的。

《尔雅·释乐·旧注》："谣，谓无丝竹之类，独歌之。"（《经籍籑诂》）桂馥《说文义证》引《一切经音义》二十："《尔雅》，'徒歌为谣'，《说文》，'独歌也'。"又十五："《说文》，'独歌也'，《尔雅》，'徒歌为谣'。徒，空也。"他说："独歌谓一人空歌，犹徒歌也。"但徒歌一名，并未明示人数；独歌若果如桂馥所释，实是确定了或增加了徒歌的意义。谣，还有"行歌"一解，见《国语·晋语》"辨妖祥于谣"韦注。桂馥说这又是"以道路行歌为徒歌"了。

《古谣谚·凡例》又说，"谣与歌相对，则有徒歌合乐之分，而歌字究系总名；凡单言之，则徒歌亦为歌（说本孔氏《正义》）。故谣可联歌以言之，（原注）如《史记·秦始皇本纪·集解》引嘉平谣歌，《晋书·五行志》载建兴中江南谣歌。亦可借歌以称之。"（原注）如孟子述孔子闻孺子歌，《左氏昭十二年传》载南蒯乡人歌，《史记·灌夫传》载颍川儿歌，《汉书·董宣传》载京师歌，《晋书·山简传》载襄阳童儿歌，《祖逖传》载豫州耆老歌，《旧唐书·薛仁贵传》载军中歌。至于歌谣联为一名则始见于《淮南子·主术训》，文云，"古圣王……出言以副情，发号以明旨，陈以礼乐，风之以歌谣。"

歌谣的字义　以上从乐的关系上解释歌谣的意思。但这两个字的本义是什么呢？《书·舜典》，"歌永言"。马注又郑注："歌，所以长言诗之意也。"《诗·子衿传》"诵之歌之"《疏》："歌之，谓引声长咏之。"（并见《经籍籑诂》）这也就是《诗大序》说的"情动于中而形于言。言之不足，故嗟叹之；嗟叹之不足，故永歌之"。郝懿行《尔雅义疏》引《释名》云："人声曰歌。"他说，"歌有弦歌，笙歌，要以人声为主。"《尔雅·释乐·孙注》："谣，声消摇也。”（《经籍籑诂》）消摇是自得其乐的意思。《广韵·四宵》：“繇，喜也。”引《诗》“我歌且繇”；陈奂说，“或义本《三家诗》。”“喜”与“消摇”是很相近的。谣又有“毁”义，见《离骚》“谣诼谓余以善淫”《王注》，那是相去较远了。

歌谣的异名 《乐府诗集》引梁元章一作帝《纂要》曰，“齐歌曰讴，吴歌曰歈，楚歌曰艳，浮歌曰哇，……”前三种是因地异称，后一种许是声音的关系；《国语·楚语》注，“浮，轻也。”大概这种歌的调子是很轻靡的。近来又有“俗歌”一名（见《谈龙集》，《海外民歌译序》《江阴船歌序》），则是别于一般的诗歌而言。谣有“谣言”，“风谣”（见《后汉书》，据《古谣谚》卷一百引），“谣辞”（见《旧唐书》，据同书目录），“民谣”（见《晋书》），“百姓谣”（见《南史》），“口谣”（见《明季北略》，据同书目录）等名字。谣字有或作“謡”字者，如《风俗通·皇霸》篇，载赵王迁时童谣，《史记·赵世家》，“童谣”作“民謡言”。“谣”字有误作“讹”字者，如《宋书·符瑞志》，载永光初谣言，前《废帝纪》“谣”作“讹”，而其词用韵，实系歌谣之体，与他处“讹言”无韵者不同（采录《古谣谚·凡例》本文与注）。又有以“风诗”总称歌谣的（《谈龙集·读童谣大观》）。

《古谣谚·凡例》说：“讴有徒歌之训，（原注）《楚辞·大招王注》云：‘徒歌曰讴’，亦可训谣。（原注）《庄子·大宗师·释文》云：‘讴，歌谣也’。吟本训歌，（原注）《战国秦策》注云：‘吟，歌吟也。’与讴谣之义相近。（原注）《文选》陈孔璋《答东阿王笺·‘以为吟颂’》注云：‘吟颂，谓讴吟歌颂。’唱可训歌；（原注）《礼记·乐记》‘一唱而三叹’郑注云：‘倡，发歌句也，唱与倡同。’诵亦可训歌；（原注）《礼记·文王世子》‘春诵夏弦’郑注云：‘诵，谓歌乐也。’噪有欢呼之训；（原注）《国语》韦注云：‘噪。欢呼也。’呼亦歌之声，（原注）《尚书·大传》云，‘其歌之呼也’郑注云：‘呼出声也。’并与讴谣之义相近。故谣可借讴以称之，（原注）如《左氏宣二年传》载宋城者讴。又可借吟唱诵噪以称之”。（原注）如《晋书·石虎载记》

引佛图澄吟，《北齐书·后主纪》载童戏唱，《左氏僖二十八年传》载晋舆人诵，《哀十七年传》载卫侯梦浑良夫噪。这讴、吟、唱、诵、噪、呼几个名字里，吟、噪、呼（《古谣谚》目录中，加一字称为"呼语"）都甚少见，且据《古谣谚》所录的而论，也与我们现在所谓歌谣不合；那些只是个人的歌罢了。

此外南方还有"山歌"，广东也称为"歌仔"（见屈大均《广东新语粤歌条》），普通以指情歌，但据梁绍壬《秋雨庵随笔》四及钟敬文先生《歌谣杂谈》三（见《歌谣周刊》七十一号），其范围颇广，与"歌谣"之称，几乎无甚分别。——广西象县的僮人又有所谓"欢"，是用僮语所唱的山歌；用官话唱的则仍叫做山歌（见《歌谣周刊》五十四号《僮人情歌》）。又有"秧歌"，义是农歌，但所包也甚杂。这两种大抵七言成句，与句法参差的不同。更有甘肃的"话儿"（见《歌谣周刊》八二号袁复礼先生文），直隶新河的"差儿"，"数大嘴儿"，"但掌儿"等俗名（见《歌谣周刊》六十八号，傅振伦先生《歌谣杂说》）。这些是只通行于一定地域的。

歌谣的广义与狭义　中国所谓歌谣的意义，向来极不确定：一是合乐与徒歌不分，二是民间歌谣与个人诗歌不分；而后一层，在我们现在看起来，关系更大。《诗经》所录，全为乐歌（顾颉刚先生说，见《北京大学研究所国学门周刊》第十，十一，十二期），所有的只是第二种混淆。《玉台新咏》与《乐府诗集》则两种混淆都有；这或因《玉台》的编辑者以艳辞为主，《乐府》的编辑者则以"乐府体"为主之故。后来杨慎辑《古今风谣》，杜文澜辑《古谣谚》，那第一种混淆是免了，而杜氏凡例，尤严于合乐、徒歌之辨；但第二种混淆依然存在。我想，"诗以声为用"的时代早已过去，就是乐府，汉以后也渐渐成了古诗之一体——郭茂倩虽想推尊乐府，使它为"《四诗》之续"，但他的努力几乎是徒然的；元明两代虽有少数注意他的书的人，真正地看重它、研究它的，直到近来才有——歌谣与乐府，于是都被吸收到诗里。杨氏、杜氏是以广义的诗为主来辑录歌谣的，自然民间的与个人的就无分别的需要了。但也有两个人，无论他们自己的歌谣观念如何，他们辑录的材料的范围，却能与我们现在所谓歌谣相合的；这就是李调元的《粤风》，和华广生的《白雪遗音》的大部分。这两个人都在杜文澜以前；所以我疑心他们未必有我们的歌谣观念，只是范围偶合罢了。

至于歌谚之别，《古谣谚·凡例》里有一段说明，可供参考。他说："谣谚二字之本义，各有专属主名。盖谣训徒歌，歌者，咏言之谓，咏言即永言，永言即长言也。谚训传言，言者，直言之谓，直言即径言，径言即捷言也。长言生于咏叹，故曲折而纡徐；捷言欲其显明，故平易而捷速；此谣谚所由判也。然二者皆系韵语，体格不甚悬殊，故对文则异，散文则通，可以彼此互训也。"所以杨慎《古今谚》，谚中杂谣（《古谣谚》一百引《书传正误》），范寅《越谚》也是如此。但大体说来，谚的意义，却比较是确定的。

我们所谓歌谣，是什么意义呢？我们对于歌谣有正确的认识，是在民国七年北京大学开始征集歌谣的时候。这件事有多少"外国的影响"，我不敢说；但我们研究的时候，参考些外国的材料，我想是有益的。我们在十一年前，虽已有了正确的歌谣的认识，但直到现在，似乎还没有正确的歌谣的界说。我现在且借用一些外国的东西：

Frank Kidson在《英国民歌论》（English Folk-Song，1915）里说民歌是一种歌曲（song and melody），生于民间，为民间所用以表现情绪，或（如历史的叙事歌）为抒情的叙述者。……就其曲调而论，它又大抵是传说的，而且正如一切的传说一样，易于传讹或改变。它的起源不能确实知道，关于它的时代，也只能约略知道一个大概。

有人很巧妙地说，谚（proverb）是一人的机锋，多人的智慧。对于民歌，我们也可以用同样的界说，便是由一人的力将一件史事，一件传说或一种感情，放在可感觉的形式里表现出来，这些东西本为民众普通所知道或感到的，但少有人能够将它造成定形。我们可以推想，个人的这种制作或是粗糙，或是精炼，但这关系很小，倘若这感情是大家所共感到的，因为通用之后，自能渐就精炼，不然也总多少磨去它的棱角，

使它稍为圆润了。（见《自己的园地·歌谣》一文中）

但"民"字的范围如何呢？Kidson说："这里的'民'字，指不大受着文雅教育的社会层而言。"（同书十页）

Louise Pound在《诗的起源与叙事歌》（Poetic Origins and The Ballad，1921）里，也有相似的话："在文学史家看来，无论哪种歌，只要满足下列两个条件的，便都是民歌。第一，民众必得喜欢这些歌，必得唱这些歌；——它们必得'在民众口里活着'——第二，这些歌必得经过多年的口传而能留存。它们必须能不靠印本而存在。"（二〇二页）

《古谣谚·凡例》说："谣谚之兴，其始止发乎语言，未著于文字。其去取界限，总以初作之时，是否著于文字为断。"也是此意。民国七年以来，大家搜集的歌谣，大抵与这些标准相合；虽然也有一部分，有着文人润色的痕迹，不是"自然的歌谣"。

"自然民谣"与"假作民谣"　　《歌谣》第七号上有沈兼士先生给顾颉刚先生的信，信里说："民谣可以分为两种：一种为自然民谣；一种为假作民谣。二者的同点，都是流行乡里间的徒歌；二者的异点，假作民谣的命意属辞，没有自然民谣那么单纯质朴，其调子也渐变而流入弹词小曲的范围去了，例如广东的'粤讴'，和你所采的苏州的《戏婢》，《十劝郎》诸首皆是。我主张把这两种民谣分作两类，所以示区别，明限制，……"

我觉得弹词自然另是一流，小曲和"粤讴"则当加拣择，未可一概而论。"假作民谣"一名，不大妥当；它会将歌谣的意义变得太狭了。又潘力山先生有"自然民谣"、"技巧民谣"之说（《中国文学研究·从学理上论中国诗》），则系就歌谣的演进而言，与此有别。

民歌歌词与歌谣　　"民歌"二字，似乎是英文folk-song或peoples song的译名。这两个名字的涵义，与我们现在所用歌谣之称最相切合；"口唱及合乐的歌"则是中国歌谣二字旧日的解释了。但英国民歌中，有所谓ballad者，实为大宗。ballad的原义，本也指感情的短歌或此种歌的曲调而言；十八世纪以来，才用为"抒情的叙事短歌"的专称（Pound书四十二页）。这种叙事歌，中国歌谣里极少；只有汉乐府及后来的唱本，《白雪遗音·吴歌甲集》里有一些。现在一般人将此字译为"歌谣"；有人译为"风谣"，其实是不妥的；有人译为"歌词"（《海外民歌·译序》），虽然与歌谣分别，但仍嫌泛而不切。有人还有"叙事歌"的名字，说"即韵文的故事"，大约也就指的ballad。ballad原有解作"韵文的故事"的，只是严密地说，尚须加上"抒情的"和"短的"两个条件；所以用了"叙事歌"做它的译名，虽不十二分精确，却也适当的。

二　歌谣的起源与发展

外国关于歌谣起源的学说　　R.Adelaide Witham女士在《英吉利苏格兰民间叙事歌选粹》（Representative English and Scottish Popular Ballads，1909）的引论里，说Sir Walter Scott的《边地歌吟》（Border Minstresly）出版的时候，许多人都祝贺他。只有一位诚实的老太太，James Hogg的母亲，却发愁道："那些歌原是做了唱的，不是做了读的；你现在将好东西弄坏了，再没有人去唱它们了。"这就是说，印了它们，便毁了它们。要知道那位老太太何以这样失望，我们得回到歌谣的起源上去。歌谣起于文字之先，全靠口耳相传，心心相印，一代一代地保存着。它并无定形，可以自由地改变，适应。它是有生命的；它在成长与发展，正和别的有机体一样。那位老太太从这个观点看，自然觉得印了就是死了——但从另一面说，印了可以永久保存，死了其实倒是不死呢。

论到歌谣——叙事歌——起源问题，纠纷甚多。据Witham所引，共有四种学说，她先说她所信的：

一、民众与个人合作说

她说叙事歌起于凡民，乃原始社会生活的一种特征；那时人家里，村人的聚会里，都唱着这种叙事歌。那时的诗人不能写，那时的民众不能读；诗人得唱给他们听，或念给他们听。那时的社会是同质的，大家一切情趣都相同，没有智愚的分野，国王与农夫享受着同样的娱乐；全社会举行公众庆祝时，酣歌狂舞，更是大家所乐为。初民间有此种庆典，乃历史上常例；现在的非洲、南美洲、澳洲，还可见此种歌舞的群众。

今就几种叙事歌中，举一事例——堡中主人不在家，他的妻与子被人杀害的情节。假定有几个报信人来到群众之中，报告这桩悲剧，大家都围拢来。这班听众听得手舞足蹈，时时发出嘈杂的强烈的呼喊；这种舞蹈与呼喊渐渐地，和现在群众的喝采与摇身（Swaying）一样，成为有节奏的。那些说话的也在摇晃着，这一部分是因为群众动作的影响，一部分是因为他们自己强烈的感情自然而然地变成有节奏的声调。他们一件件地叙述，把故事结束住了为止。在他们停下来喘口气或想一想的当儿，群众低声合唱着和歌或叠句。这些歌者天然用着民间流传的简单辞句，所以他们的故事容易记住。民众以后会常常教他们来说这桩故事，他们忍不住要学着说，自己便也常常唱起来了。日子久了，未免有许多改变与增加的地方。故事一天有民众唱着，便一天没有完成；它老是在制造之中，制造的人就是民众。

第二步的发展是巧于增修歌谣的人——也许是初次报信人之一，也许是群众中之一，接受听众特别的赞扬。他们知道了他的才能的时候，一定静听他的叙述，只在唱和曲时，才大家合唱。他的改本，记住的人最多。但他决不能以为这是他自己个人的产物；他与民众都是它的作者，无心的作者，而这首歌谣的历程也并未完毕，却正是起头呢。后来民众渐渐看重单独的歌者。因而有了那可羡可喜的歌工，以歌为业，不但取传统的材料，还能自己即兴成歌，用旧的语句，而情事是随意戏造的。这一步的发展，使我们有许多完成的叙事歌，但那与传统的东西全然各异。

以上所述的全过程里最重要的一点——并非空想——是，民众与歌工相当于我们现在的作者，而口传相当于我们印刷的书。

此说以为叙事歌的制作是互相依倚的两部分的协力：先是某一时候有一个人作始，后是大家制作。这两部分工作的比例，因每首歌而异。

但那"一个人"的特殊位置，必得弄清楚，不可看得过重，也不可看得过轻。

此说与Kidson的界说相同，只Kidson是论民歌，与此有遍举偏举之别罢了。据Witham自注，其说实出于Gummere的《诗的起源》、《民间叙事歌》两书，及Kittredge《英吉利苏格兰民间叙事歌引论》，Kidson书中也说到Gummere，大约是同出一源的。

二、Grimm说

他假定一群民众，为一件有关公益的事，举行典礼，大家在歌舞；这时候，各人一个跟一个，都做一节歌；合起来就是一首歌。大家都尊敬这首歌，没有一个人敢改变它。

Witham说这是将民众当做作者，说一个社会的全民众在娱乐的聚会里，事前毫未思索，忽然会唱出有条有理的歌来。这是假定一个社会里的各人，有着相等的文才，而忽略了那压不住的"一个人"，比大众智巧的"一个人"。

三、散文先起说

这一派说Grimm所谓民众，并不常跳舞而出口成歌，也并不要求所有故事必用韵语传述。他们爱用散文谈说他们今昔的丰功伟业，有叙有议，有头有尾；有些地方便找他们中善歌的人来插唱一回。自然而然地，这所唱的歌容易记得，便流传下来了。

Witham说这一派偏重个人方面。叙事歌有时突然而起，有时突然中断，以及其他不明的情形，此说可以解释。但在歌的作始这件事上，他们却无视了民众，无视了歌舞的群众那一面。

四、个人创造说

这一派说叙事歌，无论实质方面，形式方面，都是某一歌工（Minstrel）的制作；民众呢，先只听着，后来学着歌工唱。

Witham说这更偏重个人了。她说这是将民间叙事歌的"民间"，当作现在"民间歌谣"（popular songs）的"民间"一样了——民众喜欢这些歌谣，学会了，就随便地唱。这一派承认在长时期中，民众会弄出种种变化；和曲与套语会加进这些歌谣去，而它们本身也会转变。以这一点论，此说似乎与民众制作说到了一条线上。但此说将民众的贡献，只看作不关紧要的偶然的事；而民众制作说则将这种贡献当作绝对的要素——缺了它，叙事歌便不成其为叙事歌了。换句话说，前者看叙事歌是一种创造；后者则以为是长期演进的结果。（以上节译Witham文）

五、Pound说

她主张个人制作说，比（四）说更进一步。她说，主张民众与个人合作说的人，大抵根据旅行家、探险家、历史家、论说家的五花八门的材料，那些是靠不住的。他们由这些材料里，推想史前的社会，只是瞎猜罢了。我们现在却从南美洲、非洲、澳洲、大洋洲得着许多可靠的现存的初民社会的材料；由这里下手研究，或可有比较确实的结论——要绝对确实，我们是做不到的。这是她的根本方法。（Pound书一页、二页）

她说文学批评家的正统的意见（民众与个人合作说），人类学家并不相信（四页）。他们的材料，都使他们走向个人一面去。她说歌谣不起于群舞；歌舞同是本能，并非歌由舞出。儿童的发展，反映着种族的发展，现在的儿童本能地歌唱，并不等待群舞给以感兴，正是一证（八五页）。其实说歌与舞起于节日的聚会，在理都不可通。各个人若本不会歌舞，怎么一到节日聚在一起，便会忽然既歌且舞呢？这岂非奇迹？（九页）她研究现在初民社会的结果，以为初民时代，歌唱也是个人的才能，大家都承认的，正如赛跑、掷标枪、跳高、跳远一样。（十三页）

正统派的意见以为叙事歌是最古的歌谣。她说最古的歌谣是抒情的，不是叙述的。那时最重要的是声，是曲调；不是义，不是辞句。古歌里的字极少，且常无意义，实是可有可无的。正统派说叙事歌起于节日舞，所以歌谣起于节日舞。但我们现在知道，最古的歌谣，有医事歌、魔术歌、猎歌、游戏歌、情歌、颂歌、祷词、悲歌、凯歌、讽刺歌、妇歌、儿歌等，都是与节日舞无关的。又如催眠歌，也是古代抒情体的歌，但与歌舞的群众何关呢？（二九页）她说和歌与独唱或者起于同时，或者独唱在先；但它决不会在后。（三五页）她又疑心上文所说各种歌还不是最古的；最古的或者是宗教歌。这才是一切歌诗的源头。（第五章《英国叙事歌与教会》）

正统派又说叙事歌的特性是没有个性。这因叙事歌没有作者；并非全然没有作者，只作者决不在歌里表现自己。什么人唱，什么人就是作者，而这个人唱时也是不表现自己的情调的。所以叙事歌中，用第三声多而用第一声少。这一层和正统派的民众与个人合作说是相关的。Pound承认叙事歌大多数是无个性的，但她另有解说（一〇一页、一七八页），此地不能详论。

以上各说，都以叙事歌为主。但他们除Pound外，都以叙事歌为最古的歌谣；我们只须当他们是在论"最古的歌谣"的起源看，便很有用。至于叙事歌本身，我相信Pound的话，是后起的东西。

中国关于歌谣起源的学说　郑玄《诗谱序》说："诗之兴也，谅不于上皇之世。大庭，轩辕，逮于高辛，其时有亡，载籍亦蔑云焉。《虞书》曰：'诗言志，歌永言，声依永，律和声'，然则诗之道放于此乎？"孔颖达《正义》申郑说道："上皇，谓伏羲；三皇之最先者，故谓之上皇。郑知于时信无诗者；上皇之时，举代淳朴，田渔而食，与物未殊，居上者设言而莫违，在下者群居而不乱，未有礼义之教，刑罚之威；为善则莫知其善，为恶则莫知其恶。其心既无所感，其志有何可言？故知尔时未有诗咏。"这是乌托邦的描写，不容易教人相信，其实他自己也未必相信，他的《毛诗正义序》里说："若夫哀乐之起，冥于自然；喜怒之端，非由人事。故燕雀表啁噍之感，鸾凤有歌舞之容。然则诗理之先，同夫开辟；诗迹所运，随运而移。上皇道质，故讽谕之情寡；中古政繁，亦讴歌之理切。"所谓"诗理之先，同夫开辟"，——只是上皇时"讽谕之情寡"罢了，——正与上节矛盾；那里的话许是为了"疏不破注"之故罢。这"诗理"一语和沈约的"歌咏所兴，自生民始"（《宋书·谢灵运传论》），意思相同。我想是较为合理的说法。

以上都是论诗之起源的。歌谣是最古的诗；论诗之起源，便是论歌谣的起源了。

有人说，郑玄《易论》所引伏羲《十言之教》，是散文之起源，而据《诗谱序》，伏羲时尚无诗；这明是散文先于韵文了。但韵文先于散文，是文学史的公例，中国何以独异呢？郭绍虞先生《中国文学史纲要》稿本中有《韵文先发生之痕迹》一节，是专讨论此事的，今抄在下面：

第一层只须看出文学与宗教的关系。历史学者考察任何国之先民莫不有其宗教，后来一切学术即从先民的宗教分离独立以产生者。这是学术进化由浑至画的必然的现象，文学亦当然不能外于此例，所以于其最初，亦包括于宗教之中而为之服务。《周礼·春官》所谓"大司乐分乐而序之以祭以享以祀"，都是一些宗教的作用。

在于中国古代，执掌宗教之大权者——易言之，即是执掌一切学术之全权者——即是巫官。刘师培谓"上古之时政治学术宗教合于一途，其法咸备于明堂"（详见其所著《古学出于官守论》，载《国粹学报》第十四期），所言极确。王国维《宋元戏曲史》言之更详。其言云：

"歌舞之兴，其始于古之巫乎？巫之兴也，盖在上古之世。《楚语》：'古者民神不杂，民之精爽不携贰者，而又能齐肃衷正，……如是则明神降之，在男曰觋，在女曰巫，……及少皞之衰，九黎乱德，民神杂糅，不可方物，夫人作享，家为巫史。'然则巫觋之兴在少皞之前，盖此事与文化俱古矣。"

"巫之事神必用歌舞。《说文解字》五'巫，祝也，女能事无形以舞降神者也；象人两褒舞形，与工同意'，故《商书》言'恒舞于宫，酣歌于室，时谓巫风'……是古代之巫实以歌舞为职以乐神人者也。"

舞必合歌，歌必有辞。所歌的辞在未用文字记录以前是空间性的文学；在既用文字记录以后便成为时间性的文学。此等歌辞当然与普通的祝辞不同；祝辞可以用平常的语言，歌辞必用修饰的协比的语调。所以祝辞之不同韵语者，尚不足为文学的萌芽；而歌辞则以修饰协比的缘故，便已有文艺的技巧。这便是韵文的滥觞。

当时的歌舞，在国则为"夏""颂"，在乡则为"傩""蜡"。

颂所以"美盛德之形容，以其成功，告于神明"（《诗大序》），故用于祭礼，而颂即为祭礼之乐章，可以用之于乐歌，亦可以用之于乐舞。这在前文已明言之，所以商周的颂亦可以作为商周时代的剧诗。

商周以前并不是没有这种剧诗。刘师培《原戏》一文谓：

"在古为'夏'，在周为'颂'（商亦有之）。夏、颂字并从页有首之象（夏字从父，并象手足），夏乐有九（即《周礼》所谓《王夏》、《肆夏》、《昭夏》、《纳夏》、《章夏》、《齐夏》、《族夏》、《祴夏》、《骜夏》也），至周犹存，宗礼宾礼皆用之。盖以歌节舞，复以舞节音，犹之今日戏曲以乐器与歌者舞者相应也。后世变夏为颂，《周礼》郑注云：'夏、颂之族类也。'而颂之作用并主形容。"（《国粹学报》第三十四期）

据是亦不能谓夏无剧诗，不过如郑玄《诗谱序》所云"篇章泯弃"而已。

其在乡间则刘氏谓：

"在国则有舞容，在乡则有傩礼（傩虽古礼，然近于戏），后世乡曲偏隅每当岁暮亦必赛会酬神，其遗制也。"

王氏亦谓：

"及周公制礼，礼秩百神而定其祀典，官有常职，礼有常数，乐有常节，古之巫风稍杀；然其余习犹有存者，方相氏之驱疫也，大蜡之索万物也，皆是物也。故子贡观于蜡而曰，一国之人皆若狂，孔子告以张而不弛，文、武不能，后人以八蜡为三代之戏礼（《东坡志林》），非过言也。"

《礼·郊特牲》谓"伊耆氏始为蜡"，现在关于伊耆氏的时代很不易断定。郑注只云"古天子号"，即其于《明堂位》注亦只云"古天子有天下之号"；孔颖达于《礼正义》谓即神农，于《诗正义》谓"伊耆、神农，并与大庭为一"，而《庄子·胠箧篇》论及古帝王则又别神农与大庭为二。

《帝王世纪》又谓帝尧姓伊祈，故伊耆氏即帝尧。有此种种异说固不易考定伊耆氏之为谁，但可断言者即是蜡祭之不始于周代。王氏谓"其余习犹有存者，则可知巫风固远起于古初。"

《周礼·春官》又谓"鞮鞻氏掌四夷之乐，与其声歌"，郑注云："四夷之乐：东方曰韎，南方曰任，西方曰株离，北方曰禁。"此虽未必可据以为即是古代四方之夷乐，但可推知古代不仅贵族有乐舞乐歌，即民间亦有之；不仅国都有乐舞乐歌，即四方偏隅之处亦有之。故由于古代民族的宗教心理而言，可以推测最古之时亦早已有韵文发生之可能。

第二层只须看出文学与音乐的关系。孔氏《诗正义》又申郑氏《诗谱序》之说而谓：

"大庭，神农之别号。大庭、轩辕，疑其有诗者，大庭以还，渐有乐器；乐器之音逐人为辞，则是为诗之渐，故疑有之也。"

此说亦未必是。我们可以想像得到一定是先有歌辞而后有乐器。方其最初，心有所感而发为歌，于其歌时，势必击物以为之节。《吕氏春秋》所谓"葛天氏之乐三人操牛尾投足以歌八阕"，或者他〔们〕操牛尾的作用，亦等于今人手中执了乐杖以按拍；又或者他〔们〕投足的作用，亦等于今人用足尖着地以按拍。

这一些虽类舞蹈的动作实系音乐的作用。《左传》隐公五年所谓"夫舞，所以节八音以行八风"，即可知舞有节音的作用。后人觉得单是手舞足蹈、击节按拍之不足以协和众人的声音，于是始渐有乐器的发明。

即就乐器而言，中国的发明乐器亦很早。《礼明堂位》云："土鼓蒉桴苇籥，伊耆氏之乐也。"这当是最初最简单的乐器了。当时有简单的乐器，所以亦有简单的韵文。《礼·郊特牲》篇载伊耆氏蜡辞云："土反其宅，水归其壑，昆虫毋作，草木归其泽。"

《礼运》又谓："夫礼之初，始诸饮食。其燔黍，捭豚、污尊而杯饮，蒉桴而土鼓，犹若可以致其敬于鬼神。"可知土鼓蒉桴之乐，本所以"致其敬于鬼神"，而蜡是为田根祭，亦正是"礼之初始诸饮食"的证据。今存的蜡辞，其是否出于后人之追记或依托，又其用是否等于祝辞抑歌辞，虽皆不可得知，总之可借以窥出文学与音乐的关系。以有歌辞以后于是想用乐器来辅助；亦以有乐器以后于是必用歌辞以和乐。所以我们可以说乐器因于歌辞的需要而发生，而歌辞却又因于乐器的发明而益进步。《文心雕龙·明诗》篇谓"黄帝云门理不空弦"，亦是既有乐便必有诗的意思。中国音乐的发明既很早，则当然有韵文产生之可能；至于散文则在书契未兴以前，和书契方兴之时，不会便有散文的成功。

第三层只须看出文学与一切学术的关系。在于没有文字以前，情感所发，固须成为歌咏，而经验所启迪，理性所悟澈，有的属于知识方面可为科学之基础；有的属于道德方面，足为哲学的萌芽，这些亦往往编为韵语以为口耳相传的帮助。广义的文学本可分为学识之文与感化之文二种，在初期的文学以属于广义为多。则凡含有哲学性质之解释自然者或是科学性质之实验自然者都可属于文学的范围。在于文字未兴散文未起以前，一定先有这种韵文的存在是无疑义的。

《尚书》和《左传》中往往言"古人有言"，《诗经》中亦往往言"先民有言"或"人亦有言"，因此颇保存一些古代的韵语。这些韵语的性质不是人生方面的指导，便是知识经验之传递。我们现在虽不能断言这些古语究竟古到如何程度，但可确知这些古语在散文未起以前其应用为尤广。我们只看箴铭一类的文字在古代发生为特早，便可知此中的关系了。明此，所以即就伏羲的《十言之教》而言，亦当属于韵文而不能称之为散文（不过是以双声为韵罢了）。

明文学与宗教之关系，然后知古初早有叙事诗与剧诗的存在。明文学与音乐之关系，然后知古初早有抒情诗的存在。明文学与一切学术之关系，然后知古初早有谚语歌诀的存在；此虽与抒情诗相近，但又微与抒情诗不同。

以上所论，范围虽较广——第三层全是关于谚的——但大部分仍是关于歌谣的起源的。

原始歌谣的要素如何呢？郭先生在《中国文学演进之趋势》（《中国文学研究》）里说：

> 风谣……于后世文学不同者，即在于后世渐趋于分析的发展，而古初只成为混合的表现。今人研究风谣所由构成的要素不外三事：
> （1）语言——辞——韵文方面成为叙事诗，散文方面成为史传；重在描写，演进为纯文学中之小说。
> （2）音乐——调——韵文方面成为抒情诗，散文方面成为

哲理文；重在反省，演进为纯文学中之诗歌。

（3）动作——容——韵文方面成为剧诗，散文方面成为演讲辞；重在表现，演进为纯文学中之戏曲。

在于原始时代，各种艺术往往混合为一，所以风谣包含这三种要素，为当然的事情，即后世的文学犹且常与音乐舞容发生连带的关系，而与音乐的关系则尤为密切。这因语言与动作之间，以音乐为其枢纽之故。——欲使其语言有节奏，不可不求音乐的辅助；欲使其音声更有力量，不可不借动作以表示：所以诗歌并言，歌舞亦并言。以音乐为语言动作的枢纽，正和以歌为诗与舞的枢纽一样。《左传》襄公十六年谓"使诸大夫舞曰'歌诗必类'。齐高厚之诗不类"，俞樾《茶香室经说》卷十四，不从杜注"歌诗各从义类"之说，而据《楚辞·九歌·东君》篇"展诗兮会舞，应律兮合篇"之语，谓"古者舞与歌必相类，自有一定之义例，故命大夫以必类"。据杜注则可知诗与歌的关系，据俞说则可明歌与舞的关系。这皆是有文字以后的情形，而仍合于无文字以前的状态。

《吕氏春秋·古乐》篇谓"葛天氏之乐，三人操牛尾投足以歌八阕"，我们犹可据之以看出无文字以前的风谣，其语言、音乐、动作三种要素混合的关系。

葛天氏的时代虽不可确知，即有无葛天氏其人亦未易断言。张楫《文选·上林赋注》只谓为"三皇时君号"，而未明定其时代。皇甫谧《帝王世纪》虽言葛天氏袭伏羲之号，但他本是造伪史有名的人，亦未可据其言以为典要。所以我们虽疑葛天、伏羲诸称，多出于后人想像的谥号，但就《吕览》此节而言，可信此八阕之歌尚在书契未兴以前，而关于先民风谣的形制，亦可由此窥出；正不必因于不能稽考其文辞，审察其音律，研究其动作，而病为荒唐无稽之谰言。我们即就此八阕的名目而言：——一曰《载民》，二曰《玄鸟》，三曰《遂草

木》，四曰《奋五谷》，五曰《敬天常》，六曰《建地功》，
七曰《依地德》，八曰《总禽兽之极》：——亦觉很合于初民
的思想。初民所最诧为神秘而惊骇者，即是对于自然界的敬仰
和畏惧；而他们所最希冀的，亦只是一些遂草木、奋五谷的事
情。

《毛诗大序》论诗歌之起源，亦谓"诗者，志之所之也。
在心为志，发言为诗。情动于中而形于言，言之不足故嗟叹
之，嗟叹之不足故永歌之，永歌之不足，不知手之舞之足之蹈
之也。"此节说明这三种艺术混合的关系更为明晰。以文学为
主体而以音乐舞蹈为其附庸；以诗歌为最先发生的艺术，而其
他都较为后起。这些意思，都可于言外得之。盖昔人思虑单
纯，言辞简质，虽有所感于中而不能细密地抒发于外，所以不
得不借助于其他的艺术。后来渐次进步，始渐与舞蹈脱离关系
了，更进而后与音乐脱离关系了；迨到描写的技巧更进的时
候，即由音乐蜕留的韵律，亦渐次可以破除了。至其依旧借助
于舞蹈与音乐的地方亦更逐渐进步，而成为更精密的体制。于
是文学上的种种形式体裁与格律遂由以产生，而其源因导始于
风谣。

郭先生着眼在诗；他只说古初"先"有韵文，却不说"怎样"有
的。我们研究他的引证及解释，我想会得着民众制作说的结论，至少也
会得着民众与个人合作说的结论。但他原只是推测，并没有具体的证
据；况且他也不是有意地论这问题，自然不能视为定说。

此外钱肇基先生有《俗谜溯原》（《歌谣周刊》九四号）及《俗谜
溯原补》（同上九七号），那是要看出俗谜始见于何时何书；但著录的
时代显然不能就当作起源的时代的。

传疑的古歌 古歌，郭先生曾引葛天氏的《八阕》和伊耆氏的《蜡
辞》；《八阕》是有目无辞的。此外后汉赵晔的《吴越春秋》九陈音引

《弹歌》云：

> 断竹，续竹，飞土，逐宍。（夫，古"肉"字）

他说，"古者……死则裹以白茅，投于中野。孝子不忍见父母为禽兽所食，故作弹以守之，绝鸟兽之害。故歌曰……之谓也。"《八阕》、《蜡辞》和《弹歌》，都见于秦汉人书，而《弹歌》最晚。关于前两者，郭先生亦已论及。《弹歌》著录虽晚，但刘勰《文心雕龙》却以为是黄帝时的歌谣（《明诗》篇、《章句》篇）。他大概是根据旧史，旧史说黄帝时已有弓矢了。郭先生说此歌"语词简质，当是太古的作品"，但"不能确知其时代"。又说刘氏据有弓矢言，而《吴越春秋》说，"弓生于弹"；弹在弓前，刘说未必可信。白启明先生也以为此歌在黄帝之先，不过到了汉人才记下来罢了（《歌谣纪念增刊》）。

在以上三种里，《蜡辞》或许有歌舞的群众为背景，《八阕》的歌者有三人，也可说与歌舞的群众有关；《弹歌》可就难定。陈音的话不大明白。白启明先生说："古来作吊时节，……乃是手执弹弓，帮助孝子守其父母的遗尸。"此话若真，这歌或许也是吊者群集时所唱。但有人说这是最古的谜语，那虽仍可说"生于民间"，意味却不同了。

但是苻秦王嘉《拾遗记》载少昊的母亲皇娥与"白帝之子"遇于穷桑沧茫之浦，其唱和的歌云：

> 天清地旷浩茫茫，万象回薄化无方。涪天荡荡望沧沧，乘桴轻漾着日旁。当其何所？至穷桑。心知和乐悦未央！
>
> 四维八埏眇难极，驱光逐影穷水域。璇宫夜静当轩织，桐峰文梓千寻直。伐梓作器成琴瑟，清歌流畅乐难极。——沧湄海浦来栖息！

此二歌，纯用七言，断非古体，大约是王嘉伪造的。不过辞虽不真，其事或出于相传的神话，而又为男女私情之作，可当"对山歌"起源的影子看。又王充《论衡》（《感虚》篇、《艺增》篇、《自然》篇、《须颂》篇）载尧时五十之民击壤歌云：

吾日出而作，日入而息，凿井而饮，耕田而食，尧何等力！

这首歌至多也只是追记的，甚至竟是伪造的。这与上一种原都不能算作歌谣，但却可见出古代传说的另一面，歌起于个人的创造——用旧来的解释，也可说歌谣起于个人的创造了。

歌谣起源的传说　我们还有许多歌谣起源的传说，虽是去古已远，却也可供参考。这些传说，大抵是关于某种歌谣或某地歌谣的；以歌谣全体为对象的，却还没有，怕也不能有。

一、荧惑说

陈仁锡《潜确类书》二引张衡云："荧惑为执法之星，其精为风伯之师，或儿童歌谣嬉戏。"《晋书·天文志》中说得更详细："凡五星盈缩失位，其精降于地为人。……荧惑降为童儿，歌谣嬉戏。……吉凶之应，随其象告。"《东周列国志》说周宣王时有红衣小儿作"檿弧箕服"之谣（《国语·郑语》作童谣，《史记·周本纪》作童谣），为褒姒亡周之兆。所谓红衣小儿书中说就指荧惑；荧惑是火星，所以说是红衣。

二、怨谤说

《汉书·五行志》中之上："传曰，'言之不从，是谓不义。……时则有诗妖。……''一言之不从'，从，顺也。'是谓不义'，义，治也。……言上号令不顺民心，……则怨谤之气发于歌谣，故有诗妖。"传是伏生《洪范五行传》。

三、《子夜歌》传说

《唐书·乐志》曰："《子夜歌》者，晋曲也。晋有女子名子夜，造此声，声过哀苦。"《宋书·乐志》曰："晋孝武太元中，琅琊王轲之家，有鬼歌《子夜》。殷允为豫章，豫章侨人庾僧虔家亦有鬼歌《子夜》。殷允为豫章，亦是太元中，则子夜是此时以前人也。"（《乐府诗集》四十四）《唐书》所说，也依据《宋书》。"有女子名子夜"等语，像是历史的叙述；但"鬼歌《子夜》"等语，又像是传说。我疑心子夜或未必有，或是所谓"箭垛式的人物"。《子夜歌》现存四十二首，在《乐府》中，佚掉的也许还有；这些歌所咏不同，不见得是一个人造的。

四、河南传说

尚钺先生给顾颉刚先生的信（北京大学研究所《国学门周刊》七），说他的家乡河南罗山县有两种歌谣原始的传说。第一种较普遍，第二种是一个混名叫"故事精"的老伙计说的；他说"有些'编'的意味"，但"也不能证明这是假的"。

其一说老天爷恨世间人太坏，便叫秦始皇下凡来杀人。他杀人的方法，除打仗外，便是兴筑长城。老天爷又助桀为虐地在天上出了十二个日头。这十二个日头轮流着司昼，使天永昼而不夜。这样可以使人都疲乏死。这时一个慈善家的绣楼上一位小姐，动了恻隐之心，便制出许多歌来。人们学了一唱，便忘了疲乏，又作起工来；于是得以不死。

其二也说秦始皇下凡，教人兴筑长城，好让他们劳死。但是好善的老头儿太白金星李长庚知道了，便私走红尘，仍变成一个老头儿，教大家唱歌，使他们忘掉疲劳而免于死。

五、淮南传说

《语丝周刊》十台静农先生《山歌原始之传说》一文，说是从淮南田夫野老的队中搜辑来的。其说有二，但颇相似，许是一种传说的转变吧。

其一说秦始皇筑长城，劳苦而死的人很多——孟姜女的丈夫也死在这一役。但大家迫于威力，都不敢不干。有一天他们正疲乏不堪的时候，有的瞌睡，有的叹息，有的手足不能动，深宫里绣楼上两位在刺绣的年轻的公主，忽然看见这些可怜的人们。她们非常感动，并觉得长此下去，他们怕只有疲乏与倦怠，长城将永久修不成；于是作了些山歌来鼓起他们的精神。当时一面作，一面写，都从楼窗飞给他们。从此他们都高兴地唱起来，将所有的疲乏都忘了。

其二说两位大家小姐，在绣楼上看见农夫们在"热日炎炎"底下做活，一个个疲乏、劳顿。她们动了慈悲心，想不出别法，只能作些山歌安慰他们。山歌写在纸上，随风送到农夫们面前。他们于是一面唱，一面工作，从前的疲乏都变成了欢欣了。

六、江南传说

沈安贫先生有《一般关于歌谣的传说》一文（《歌谣周刊》六五号），据他说，这传说是"流行吴县"的。他说："相传汉时张良，最会编唱调笑讥讽的歌谣，当他离了故乡十多年回来的时候，看见一个少女在田中耘削棉花，他就对她唱起歌来：

> 啥人家田，啥人家花？啥人家大图辣浪削棉花？阿有啥人
> 家大图搭我张良困一夜，冬穿绫罗夏穿纱。

少女就回答他唱：

> 张家里个田，张家里个花。张家里个大图辣里削棉花。我
> 娘搭俫张良困一世，勤看见啥冬穿绫罗夏穿纱！

张良听了此歌，知道所调笑的就是他的女儿，大大的悔惭，从此他不再唱歌。"

江苏海门有《耘青草》歌谣的传说（《歌谣周刊》六六号魏建功先生文）与此大同小异。这传说说"张良是第一个制风筝的。他骑在风筝上，腾到天空中，看见下面有两个女子，……就唱起调情的歌来。"等到张良知道是他自家的女儿在下面时，他"从九霄云里掉下来，就呜呼了。到如今那条系风筝用的线还在南通，是一条铁索。"我想这传说也

许比前一个早些，因为还近乎神话。

《西汉演义》第八十一回《张子房吹箫散楚》似乎《史记》中"四面皆楚歌"一语，又似乎与这两种传说有些关系。

七、两粤传说

粤俗好歌，明时已如此（据钟敬文先生引明屈大均《广东新语·粤歌条》）。因此有歌仙刘三妹的传说。钟先生说："明清人的记载中，颇有涉及之者。在一部分的民众口中，现在还是乐道不衰。"（《民间文艺丛话》九一页）他又说，这个传说的记载，似以《广东新语》为较早（同书同页）。此书第八卷"刘三妹"条云："新兴女子有刘三妹者，相传为始造歌之人。唐中宗年间，年十二，淹通经史，善为歌。千里内闻歌名而来者，或一日，或二三日，卒不能酬和而去。三妹解音律，游戏得道。尝往来两粤溪峒间，诸蛮种类最繁，所过之处，咸解其语言。遇某种人，即依某种声音作歌与之唱和，某种人奉之为式。尝与白鹤乡一少年，登山而歌，粤民及傜僮诸种人围而观之，男女数十百层，咸以为仙。七日夜歌声不绝，俱化为石。土人因祀之于阳春锦石岩。岩高三十丈，林木丛蔚，老樟千章，蔽其半，岩，口有石磴，苔花绣蚀，若鸟迹书。一石状如九曲，可容卧一人，黑润有光，三妹之遗迹也。月夕，辄闻笙鹤之声。岁丰熟，则仿佛有人登岩顶而歌。三妹，今称'歌仙'。凡作歌者，毋论齐民与傜、僮人，山子等类，歌成必先供一本祝者藏之，求歌者就而录焉。不得携出。暂积遂至数箧。兵后，今荡然矣。"这个传说见于他书的，与此稍有异同。钟先生曾作一表，今照录：

书名或篇名	广东新语	粤　述	池北偶谈	峒谿纤志 志　余	刘三姐
三妹籍贯	广东新兴	广西贵县西山	广西贵县水南村		广东潮梅
三妹时代	唐中宗	唐景龙	唐神龙		

书名或篇名	广东新语	粤 述	池北偶谈	峒谿纤志 志 余	刘三姐
敌手姓名籍贯	白鹤乡少年	朗宁白鹤书生张伟望	邕州白鹤秀才	白鹤秀才	农夫
赛歌地点	登山而歌	白石山	西山高台	粤西七星岩	广西柳州立鱼峰
供祀地点	阳春锦石岩	白石山		苗、徭等洞中（？）	立鱼峰（？）

    这个传说又与客家人中通行的罗隐做天子故事混合（钟先生说），便成了愚民先生所述的翁源的传说（见《民俗》十三、十四期合刊）。据这个传说，罗隐换了肋骨之后，不但做不成皇帝，便连举人都中不到。他好不懊恼。只闷居家中，做了许多山歌，一本一本地堆满三间大屋。但是念给人家听时谁也觉得不好。他的山歌太正经了，太文雅了，一般人老是不懂。他妹妹劝他说说女人。他答应了，又做了许多吟咏女人的山歌书，仍是一本本存在书房内。

    刘三妹是远近知名的才女。她的才学，谁都比不上，吟诗作对，件件都能；唱山歌更是她特别的本领，和人对唱到十日半月，都唱不尽。谁都喜欢她，谁都钦敬她，谁都怕她。她也很自负地说："有谁和我猜（对唱）山歌，猜得我赢的，我便嫁给他。……"

    于是罗隐载了九船所著的山歌书去见刘三妹，他以为一定可以取胜的。到了她的屋前，碰到一个少年姑娘在河唇担水。他上前问道："小姨，你可知道三妹的屋家在什么地方？""你找她做甚？""我想和她猜山歌，把她娶来做老婆。""请问先生有多少山歌？……""一共有九船，三船在省城，三船在韶州，三船已撑到河边，……""那么，你回去吧，你不是三妹的敌手。""怎解？……""滚开！"三妹高唱道——

    石山刘三妹，路上罗秀才，人人山歌肚中出，哪人山歌船撑来？

唱得罗秀才哑口无语，翻遍船内的山歌书，都对不出来。恼得面红耳赤，将三船的山歌书抛下河里去，垂头丧气地回家了。其他在韶州广州的山歌，因为没有焚掉（？），遂流传世上，为人们所歌唱。（以上大部分用愚民先生《山歌原始的传说及其他》原文）

这个传说，江西也有（见《文学周报》三〇六期王礼锡先生《江西山歌与倒青山风俗》）。但"罗隐"却换作"一个饱学先生"，"山歌书"却换作"书"，而歌辞也微有不同。王先生说，江西歌谣大概分为二种；山歌"是客籍所独有"。这个传说就是关于山歌的，而男女竞歌正是客族的风俗；那么，这自然也是客族的传说了。

以上一、四、六之二及三都带有神话的意味。二是从政治的观点上看，传说味似最少，但"诗妖"一名，暗示着谶语之意，便当归入这一类里。四、五都说到秦始皇筑长城，又说到始作歌谣的是女子（小姐或公主），又说唱了歌便忘了疲乏；这几点我以为都有来历。秦始皇筑长城一点，大约是因为孟姜女歌曲流行极久极广极多之故。大家提起歌谣，便会联想到孟姜女、长城、秦始皇，所以便说歌谣因筑长城而有了。说始作者是女子，也可以孟姜女故事解释；一面又因女子善歌（如韩娥）且心慈，可以圆成其说。至于"忘疲"一层，则是唱歌者自然的心理，又可说是歌谣的一种很大的效用；以之插入传说，也是自然而然的。四之二里，作始的女子变为"太白金星李长庚"，我疑心与一说有些关系；老人的慈善，或也是一因。六、七均说"对山歌"的起源，与上稍别；其成因可推测者，已分叙在各本条中。三又稍不同，亦已见本条中。

在这几种传说里，我们可以看出一种共同的趋势，就是，歌谣起于个人的创造。一、二虽没有其他五说说得明白，但无所谓歌舞的群众，甚至连群众的聚会，也没有这一层，是显然的。这与我们从郭先生所说推测的结果恰恰相反。

　　歌谣里的第一身与歌谣的作者　　这个问题与歌谣起源有关，上文已说及。现在从《诗经》看起。《诗经》里第一身叙述及第一身代名词很多，差不多开卷即是——这是就《国风》《小雅》而论；《大雅》与《颂》里，可以说没有歌谣（顾颉刚先生说，见《歌谣》三十九期）。汉魏及南北朝乐府，如"相和歌辞"、"清商曲辞"里，第一身叙述及代名词也不少。近代的小曲，客家谣，粤讴，俍歌，傜歌，僮歌，闽歌，台湾歌谣，也是如此。可是《古谣谚》所录，便不相同。自然，我们可以说，《古谣谚》所据各书，其采录歌谣之意，或因政治关系，或因妖祥关系，所以多是历史的歌谣或占验的歌谣；这些都是客观的，当然没有第一身可见，这是歌谣的支流。《诗经》、《玉台新咏》、《乐府诗集》所录才是歌谣的本流，那是抒情的。但近代的北京歌谣和吴歌，确是抒情的，却也几乎全是第三身的叙述，这又是何故呢？我现在只能说：歌谣原是流行民间的，它不能有个性；第三身、第一身，只是形式上的变换，其不应表现个性是一样——即使本有一些个性，流行之后，也就渐渐消磨掉了。所以可以说，第一身、第三身，都是歌谣随便采用的形式，无甚轻重可言。至于歌谣的起源，我以为是不能依此作准的。

　　与第一身及个性问题连带着的，便是作者。中国歌谣大部分也无作者，但并非全然如此。《诗经》、《玉台》、《乐府》、《古谣谚》所录，以及粤讴、客家歌谣，有一小部分——虽然是极小一部分——是有作者的。《古谣谚·凡例》中有所谓"出自构造"或"一人独造"的谣，就是这一种；刘复先生所谓"官造民歌"（《歌谣周刊》八十号）也是这一种。而上举江南、两粤的传说里，也说到歌谣的作者。兹只举明末阎典史守江阴时造出的四句歌谣——所谓"官造民歌"——为例：

> 　　无锡人团团一炷香，常州人献了老婆又献娘，靖江奶奶跪在沙滩上，惟有我江阴人宁死不投降！

还有小曲或唱本，与粤讴一样，起初大抵是有作者的，只是不可考罢了。顾颉刚《吴歌甲集·自序》里曾说，"这些东西，虽也是歌谣，但大部分是下等文人或鬻歌的人为了赚钱而做出来的。"这是不错的。这些有作者的歌谣，加上那些传说，即使还不够建立起个人创造说，也尽足以使我们从郭先生的理论及那前三种传疑的古歌里所推得的结果动摇了。

歌谣的传布转变与制作 《清华周刊》三十一卷第四六四五号有R.D.Jameson先生《比较民俗学方法论》（Comparative Folklore Methodological Notes）一文，介绍芬兰学派（Finnish School of Folklorists）的史地研究法（Historicogeographical Method），或简称芬兰法，是用最新的科学民俗学的方法，来研究歌谣的传布与转变。这个学派的创始人是去世不久的Julins Krohn，他的儿子Kaarle Krohn教授继续他的工作，使其说得行于世。Krohn教授有《民俗学方法论》（Die Folklonistische Arbeitsmethode 1926）一书，叙述甚详，此法可用来研究故事、神话、传说、谚语、歌戏（Songs，Games）、谜语、礼俗等。

这个方法是用在同一母题的材料上的。Jameson先生述其程序大略如下：

一、同一母题的种种变形，凡世界各地所有，都应尽量搜集拢来。搜集之后，应将内容一一加以分析，使其纲目相属。

二、分析既毕，即将所有变形，加以比较。

变形常由于详略、增减、复沓、转换。以故事论，这种改变又常在首尾而不在中间。

比较研究的结果，我们以完缺的程度为标准，常可以在许多变形中找出一个原形来。有了这个原形，我们就可以决定哪些变形是最流行的，哪些是较古的。有时我们还可以相当的决定种种变形是各自造成的，还是同出一源的。

这样仍然不够，还得从地理上看。我们若将邻近的地域的材料放在一块儿，便可发见许多事实。我们有时可以清清楚楚，看出它们详略、增减、复沓、转换的经过。从地理比较所得的证据，也许帮助第一次比较（历史的比较）的结论，也许推翻它；并可建立新说。（以上译Jameson先生文大意）

这是最新的、科学的、民俗学的方法。用了这个方法，民俗学才不复是"好事者的谈助，论理家的绝路"了。这个方法是最近才介绍给我们的，但我们十年来的研究却与此有暗合的，关于故事的暂可不论，关于歌谣的，在下面将稍加引用。我特别举出董作宾先生《看见她》这一本小书；这书所用的方法，与Jameson所述的芬兰法实极相近，只是材料太少，所以偏于地理一面罢了。

有人研究四十五首《看见她》的结果，他说："原来歌谣的行踪，是紧跟着水陆交通的孔道，尤其是水便于陆。在北可以说黄河流域为一系，也就是北方官话的领土；在南可以说长江流域为一系，也就是南方官话的领土；并且我们看了歌谣的传布，也可以得到政治区划和语言交通的关系。北方如秦晋、直鲁豫，南方如湘鄂（两湖），苏皖赣，各因语言交通的关系而成自然的形势。"（《看见她》六页）

顾颉刚先生《广州儿歌甲集序》里也说："从上面这些证据看来，我们可以知道歌谣是会走路的；它会从江苏浮南海而至广东，也会从广东超东海而至江苏。究竟哪一首是从哪里出发的呢？这未经详细的研究，我们不敢随便武断。我们只能说这两个地方的民间文化确有互相流转的事实。其实，岂独江苏呢，广东的民间文化同任何地方都有互相流传的事实……"顾先生在《闽歌甲集序》里，又说起闽南歌谣与苏州的、广州的相似。我想将来材料多了，我们可以就一类或一首歌谣，制成传布的地图，如方音地图一般。

前引Kidson民歌的界说里，曾说民歌"如一切的传说一样，易于传讹或改变"。Kidson又说，民歌的改变有两种，一是无意的，一是有意的。无意的改变只是记不全的结果。有意的改变或是由于唱的人觉得难唱，或是由于辞意的优劣（《英国民歌论》十四页）。但是歌谣在传布时，因各地民俗及方音的不同而起的改变，也是一种有意的改变，在我看是最重要的。此外还有因合乐而起的改变，因脱漏联缀等而起的改变，一是有意的，一是无意的。

关于《看见她》的研究，供给我们很好的例子。他将四十五首《看见她》大别为南北二系，现在就两系中各抄一首：

一、陕西三原的：

你骑驴儿我骑马，看谁先到丈人家。丈人丈母没在家，吃一袋烟儿就走价，大嫂子留，二嫂子拉，拉拉扯扯到她家；隔着竹帘望见她：白白儿手长指甲，樱桃小口糯米牙。回去说与我妈妈，卖田卖地要娶她。

二、江苏淮阴的：

小红船，拉红土，一拉拉到清江浦。买茶叶，送丈母，丈母没在家，掀开门帘看见她：穿红的，小姨子，穿绿的，就是她。梳油头，戴翠花，两个小脚丁巜丫巜丫，卖房子卖地要娶她。

有人假定这首歌谣的发源，是在陕西的中部（《看见她》九页）。他说："歌谣虽寥寥短章，……北方的悲壮醇朴，南方的靡丽浮华，也和一般文学有同样的趋势。明明一首歌谣，到过一处，经一处民俗文学的洗礼，便另换一种风趣。到水国就撑红船，在陆地便骑白马，因物起兴，与下文都有协和烘托之妙。"（同书三三页）

所举的这一类因于民俗的改变，细目很多，这只是大纲罢了。至于因于方音的改变，顾颉刚先生曾举出一个好例子。他在《闽歌甲集序》里，指出闽歌里一首《月光光》，和《广州儿歌甲集》里一首《月光光》："明明白白是一首歌而分传在两地的。我们……不但要注意它们的同，而且要注意它们的异。例如闽南的说：

　　　　指姜辣，买羊胆，

何以广州的却说：

　　　　子姜辣，买蒲突（苦瓜）？

这当然是因方音的关系：'胆'字与'辣'字不协韵了，不得不换作
'突'字；或是'突'字与'辣'字不协韵了，不得不换作'胆'字。
但是这首歌传到苏州之后，又要改字了，因为'胆'与'突'都不能和
'辣'字协韵。所以《吴歌甲集》里的一首便说：

　　　　姜末辣，买只鸭。"

　　方音又可限制歌谣传布的力量和范围。《广州儿歌甲集》序云：
"我又要下一个假设：这歌（《看见她》）在广州民间是不十分流行
的……因为第三身代名词称他（或她）的区域，想到未婚妻，说到看
见'她'便觉得很亲切，很感受愉快。因此，这歌的韵脚的中心是
'她'，从'她'化开来才有'鸦'、'喳'、'花'、'家'、
'扯'、'拉'、'茶'、'巴'、'牙'、'家'诸韵。（看原书
二二、二三页）若对于这个韵脚中心，并不感到亲切有味，则对于此歌
本身便形隔膜而减少了流传的能力。例如江苏，这首歌可以传到南京，
传到如皋，而传不到苏州，只因为苏州人不称'她'而称'娌'了。广
州既称'佢'，则其对于此歌之不亲切，正与苏州相同，恐怕这歌是偶
然流来的，或者限于有某种特殊情形的儿童歌唱着。"

　　徒歌合乐，成为小曲，也有相当的改变，这是加上了许多衬字。此
地所谓合乐，当以"自歌合乐"论。顾颉刚先生在《写歌杂记》五里，
说《跳槽》是从乐歌变成的徒歌。又在《杂记》九里，转录钱肇基先生

的信。信中依据一种唱本做底子，将那首歌的正字和衬字分别了出来；他的意思或者是说，去了衬字，便是徒歌。今抄此歌于下：

自从（呀）一别到（呀到）今朝，今日（里）相逢改变了，（郎呀！）另有（了）贵相好，〔过门〕（唅呀，唅唅唷，郎呀！）另有（了）贵相好。

此山（呀）不比那（呀那）山高，脱下蓝衫换红袍，（郎呀！）容颜比奴俏，〔过门〕（唅呀，唅唅唷，郎呀！）金莲比奴小。

跳槽（呀）跳槽又（呀又）跳槽，跳槽（的）冤家又来了，（郎呀！）问你跳不跳？〔过门〕（唅呀，唅唅唷，郎呀！）问你好不好？

打发（呀）外人来（呀来）请你，请你（的）冤家请（呀请）弗到，（郎呀！）拨勒别人笑，〔过门〕（唅呀，唅唅唷，郎呀！）拨勒别人笑。

你有（呀）银钱有（呀有）处嫖，小妹（妹）终身有人要，（郎呀！）不必费心了！〔过门〕（唅呀，唅唅唷，郎呀！）不必费心了！

你走（呀）你的阳（呀阳）关路，奴走奴的独木桥，（郎呀！）处处（去）买香烧，〔过门〕（唅呀，唅唅唷，郎呀！）处处（去）买香烧。

但我比照词曲的例，衬字总是后加进去的，所以我以为这是徒歌变成乐歌，与顾先生相反。但无论如何，改变总是改变；不过一是加字，一是减字罢了。

还有，威海卫的一首《看见她》，"后边忽然变卦，娶回不是她了，'脚大面丑一脸疤'了，于是发誓宁打一辈子光棍也不要她了；莱阳一首更奇，他到岳家便发现了未婚妻丑陋不堪，头不是头，脚不是脚，回家告给爹妈说，'打十辈子光棍也不要她'了。……本是一个来源，翻了案，便完全不同"（《看见她》三七页）。我想这或是趣味不同之故，或是欲以新意取胜。——以上都可以说是有意的改变。

歌谣因时代的不同，地方的不同，或人的不同，常致传讹；Kidson所谓无意的改变，我想传讹也是其一。《写歌杂记》十云："在《读童谣大观》（《歌谣》第十号）中，有以下一段文字：

狸狸斑斑，跳过南山；山南北斗，猎回界口；界口北面，
二十弓箭！

据《古谣谚》引此歌，并《静志居诗话》中文云：'此余童稚日偕闾巷小儿联臂蹈足而歌者，不详何义，亦未有验。'又《古今风谣》载元至正中燕京童谣云：

脚驴斑斑，脚踏南山；南山北斗，养活家狗；家狗磨面，
三十弓箭。

可知此歌自北而南，由元至清，尚在流行，但形式逐渐不同了。绍兴现在的确有这样的一首歌，不过文句大有变更，不说'狸狸斑斑'了。《儿歌之研究》（见《歌谣》三十四号《转录阑》）中说：'越中小儿列坐，一人独立作歌，轮数至末字，中者即起立代之，歌曰：

铁脚斑斑，斑过南山。南山里曲，里曲弯弯。新官上任，
旧官请出。

此本抉择歌（Counting-ot rhyme），但已失其意而为寻常游戏者。凡竞争游戏，需一人为对手，即以歌抉择，以末字所中者为定，其歌词率隐晦难喻，大抵趁韵而成。'本集第三十二首所载，也是这一个歌而较长的：

踢踢脚背，跳过南山。南山扳倒，水龙甩甩。新官上任，旧官请出。木渎汤罐，弗知烂脱落（那）里一只小弥脚节头（小姆脚趾头）！

以我所知，这歌除了抉择对手之外，还有判决恶命运的意思。例如许多小儿会集时，忽然闻到屁臭，当下问是谁撒的。撒屁的人当然不肯说，于是就有人唱着这歌而点，点到末一个‘头’字的，就派为撒屁的人，大家揶揄他一阵。从元代的‘脚驴斑斑’，到这‘踢踢脚背’，不知经过了多少变化了。而‘南山扳倒’的‘扳倒’还保存着‘北斗’的北音，‘旧官’与‘家狗’犹是同纽。”这很够说明因时代因地方的传讹了。

与传讹相似的，还有“脱漏”、“联缀”、“分裂”三种现象。如《看见她》一题可分为五段：（1）因物起兴，（2）到丈人家，（3）招待情形，（4）看见她了，（5）非娶不可。而南京一系无招待一节，“大概是传说的脱漏”（《看见她》二四页），这是第一种。

党家斌先生译述的《歌谣的特质》里说：“唱歌的人又好把许多以前已有的歌里，这里摘一句，那里摘一句，凑成一个新的歌。”（钟敬文先生编《歌谣论集》三页）梁启超先生《中国美文及其历史》稿里论汉乐府，也说乐府里有许多上下不衔接的句子，明是歌者就所熟忆，信口插入；他们原以声为主，不管意思如何。他说晋乐所奏的《白头吟》，便是一例：

皑如山上雪，皎若云间月。闻君有两意，故来相决绝。一解
平生共城中，何尝斗酒会！今日斗酒会，明旦沟水头；蹀
躞御沟上，沟水东西流。二解
郭东亦有樵，郭西亦有樵；两樵相推与，无亲为谁骄！三解
凄凄重凄凄，嫁娶亦不啼。愿得一心人，白头不相离！四解

竹竿何袅袅，鱼尾何离簁，男儿欲相知，何用钱刀为！龈
如马啖箕，川上高士嬉。今日相对乐，延年万岁期！五解

"郭东亦有樵"四句，"龈如马啖箕"四句，皆与上下文无涉，而"今日
相对乐"二句，尤为乐府中套语。梁先生疑心这些都是歌者插入的，与
"本辞"相较，更觉显然。这与党先生所说是很相像的。

又《看见她》"有的竟附会上另外一首歌谣。像完县的两首，因为
传来的是不娶便要上吊吊死（唐县），就接连上《姑娘吊孝》的另一首
歌"（同书一八页）。这都是第二种。

又前引钱先生所举《跳槽》一歌，百代公司唱片上另是一首，如
下：

目今（呀）时世大（呀大）不同，有了西来忘（下）了
东，（郎呀！）情理却难容。〔过门〕（唅呀，唅唅唷，郎
呀！）情理却难容。

好姊（呀）好妹吃了（什么儿的）醋，好兄好弟抢了（谁
的）风，（郎呀！）大量要宽洪。〔过门〕（唅呀，唅唅唷，
郎呀！）大量要宽洪。

"人无（呀）千日好，花无百日红"，"做一日和尚撞一
日钟"，（郎呀！）钟钟撞虚空。〔过门〕（唅呀，唅唅唷，
郎呀！）钟钟撞虚空。

自从（呀）一别到（呀到）今朝，今日（里）相逢改变
了，（郎呀！）另有（了）贵相好。〔过门〕（唅呀，唅唅
唷，郎呀！）另有（了）贵相好。

钱先生疑此二曲是"一曲分成者"。这可算第三种。——以上都可以说
是无意的改变。

印刷术发明以后，口传的力量小得多；歌唱的人也渐渐比从前少。

从前的诗人，必须能歌；现在的诗人，大抵都不会歌了。这样，歌谣的需要与制作，便减少了。但决不是没有；它究竟与别种文学一样，是在不断的创造中。譬如北平的电车，是十四年才兴的；就在那一年，已经有了《电车十怕》的歌谣了。电车十怕：

> 车碰车。车出辙。弓子弯。大线折。脚蹬板儿刮汽车。脚铃锤儿掉脑颏。执政府，接活佛，挂狗牌儿坐一车。不买票的丘八哥。没电退票。卖票的也没辙。（《歌谣周刊》九一号）

这种新创造是常会有的。

歌谣所受的影响　歌谣在演进中间，接受别的相近的东西的影响，换一句话，也可说这些东西的歌谣化。古代文化简单，这种情形较少，近代却有很多的例子。现在就所知的分条说明：

一、诗的歌谣化

这种情形却在古代的歌谣里就有。《乐府·相和歌辞·瑟调曲》里，有《西门行》两首，一是"晋乐所奏"的"曲"，一是"本辞"。本辞就是徒歌。其辞如下：

> 出西门，步念之。今日不作乐，当待何时？逮为乐，逮为乐，当及时。何能愁怫郁，当复待来兹？酿美酒，炙肥牛，请呼心所欢，可用解忧愁。人生不满百，常怀千岁忧。昼短苦夜长，何不秉烛游？游行去去如云除，弊车羸马为自储。

《古诗十九首》里也有一首，辞云：

> 生年不满百，常怀千岁忧。昼短苦夜长，何不秉烛游？为乐当及时，何能待来兹？愚者爱惜费但为后世嗤。仙人王子乔，难可与等期！

这两首的相同，决难说是偶然。那晋乐所奏一首，与此诗相同之处更多。朱彝尊《玉台新咏·跋》里曾说此诗是文选楼诸学士裁剪后者而成。他的话并无别的证据，我以为是倒果为因；我想那首本辞是从古诗化出来的，而那首晋乐所奏的曲是参照古诗与本辞而定的。这首曲是工歌合乐，不能作歌谣论；但那首本辞确是诗的歌谣化。

苏州的唱本里，有一首"唐诗唱句"（《吴歌甲集》一〇六、一〇七页），其辞云：

> 牡丹开放在庭前，才子佳人笑并肩："姐姐呀！我今想去年牡丹开得盛，那晓得今年又茂鲜。""冤家呀！你道是牡丹色好奴容好？奴貌鲜来花色鲜？"郎听得，笑哈哈："此花比你容颜鲜！"佳人听，变容颜，二目暖暖（原注，或系睁睁之讹）看少年。
>
> "既然花好奴容丑，从今请去伴花眠；再到奴房跪床前！"

顾先生找出所谓"唐诗"是唐寅的《妒花歌》，其文云：

> 昨夜海棠初着雨，数朵轻盈娇欲语。佳人晓起出兰房，折来对镜比红妆。
>
> 问郎"花好奴颜好？"郎道"不如花窈窕。"佳人见语发娇嗔，"不信死花胜活人！"将花揉碎掷郎前，"请郎今夜伴花眠！"（《六如居士全集》卷一）

这种我想是先由一个通文墨的人将原诗改协民间曲调，然后借了曲调的力量流行起来的。

二、佛经的歌谣化

近来敦煌发现了唐五代的俚曲，有《太子五更转》（详后），《禅门十二时》（罗振玉《敦煌零拾》）等，皆演佛经故事。《白话文学史》上卷里说明这种东西的来源道："梵呗之法，用声音感人，先传的是梵音。后变为中国各地的呗赞，遂开佛教俗歌的风气。后来唐五代所传的《净土赞》、《太子赞》、《五更转》、《十二时》等，都属于这一类。"（二一四页）梵呗是佛教宣传的一种方法，是支昙籥（月支人）等从印度输入的（二〇五页，二一四页）。"五更调"是直到现在还盛行的曲调，但其来源甚早；据吴立模先生的考查，陈伏知道已有《从军五更转》了（《歌谣周刊》五一号）。《乐府》三十三引《乐苑》曰："'五更转'，商调曲。按伏知道已有《从军辞》，则'五更转'盖陈以前曲也。"那么，《太子五更转》自然是袭用旧调，以期易于流行了。兹将这两首并抄于下：

（一）《从军五更转》

　　一更刁斗鸣，校尉逴连城，遥闻射雕骑，悬惮将军名。
　　二更愁未央，高城寒夜长，试将弓学月，聊持剑比霜。
　　三更夜惊新，横吹独吟春，强听梅花落，误忆柳园人。
　　四更星汉低，落月与云齐，依稀北风里，胡笳杂马嘶。
　　五更催送筹，晓色映山头，城乌初起堞，更人悄下楼。

（二）《太子五更转》

　　一更初，太子欲发坐寻思，奈（原文此处为"□"，下同）知耶娘防守到，"何时得度雪山川。"
　　二更深，五百个力士睡昏沉，遮取黄羊及车匿，朱鬃白马同一心。
　　三更满，太子腾空无见人。宫里传声悉达无，耶娘肝肠寸寸断。
　　四更长，太子苦行黄里香，一乐菩提修佛道，不藉你世上公王。

五更晓，大地下众生行道了，忽见城头白马踪，则知太子成佛了。（见《歌谣周刊》五一号，刘复先生《致吴立模书》）

《净土宗的歌谣化》（《民俗》十七、十八期合刊）里，说南阳念佛的老婆婆们，自己杜撰出种种经典。"这种经典用的是歌谣体式。"一般人称为"老婆经"，但"她们自己以为神秘之宝，不肯轻易传人"。兹抄两篇于下：

（一）《香炉经》

金香炉，腿又高，一年烧香有几遭？清早烧香一诚心，手托黄香敬灶君。晌午烧香正当午，贤德媳妇劝丈夫。黑了烧香黑古东，贤德媳妇敬公公。南无阿弥陀佛！

这是关于她们念佛的功课本身的。她们是这样地信佛，她们的全部生活几乎都佛化了，以下一首，便是这一面的例子：

（二）《线蛋儿经》

线蛋儿经，线蛋儿经，说是线蛋儿真有功。拿起线蛋儿往东缠，缠的"珍珠倒卷帘"；拿起线蛋儿往西缠，缠的"吕布戏貂蝉"；拿起线蛋儿往北缠，缠的蚨蝶闹花园；拿起线蛋儿往南缠，缠的芍药对牡丹。上缠缠，下缠缠，上缠乌云遮青天；下缠八幅罗裙遮金莲。左缠缠，右缠缠，左手缠的龙吸水；右手缠的篆子莲。南无阿弥陀佛！

这一篇完全像歌谣，倘然截去了首尾。

四川有一种"佛偈子"，也是四五十岁以上的吃斋拜佛的老太太们唱的。刘达九先生说她们"每到做斋醮的时候，便到庙里去拜佛。功课完毕了，……就相聚着唱佛偈子。这种佛偈子虽关于劝善的最多，然而情感方面的，社会家庭方面的也复不少。"（《歌谣纪念增刊》三二页）

　　　　（一）

　　　　香要烧来灯要点，点起明灯过金桥；金桥过了八万里，龙华会上好逍遥。——佛唉那唉阿弥陀。

这是宣传佛教的理想的。

　　　　（二）

　　　　三根竹子品排生，隔山隔岭来开亲。开亲之时娘欢喜，开亲之后娘痛心。——佛唉那唉阿弥陀！

这是母亲对于"娶了媳妇忘了娘"的儿子的教训。刘先生采得的佛偈子共有三百多首。只就他文中所录而论，除了宣传佛教的，便都是这一类的，老太太们对于她们儿子、媳妇、女儿的教训了。但是也有好事仿作了这种佛偈子来嘲笑她们，下面是广元的一首，系一位赵永馀先生告我的：

　　　　半岩山上一苗葱，一头掐了两头空。心想唱个佛偈子，牙齿落了不关风。——佛唉那唉阿弥陀！

赵先生说，末两句便是讥笑那些佛婆的。这种佛偈子，结尾皆用"佛唉那唉阿弥陀！"是它们的特色。

　　顾颉刚先生说："歌词中以'西方路上'起兴者甚多，当是受佛曲之影响。"（《吴歌甲集》五五页）又说："凡佛婆所作歌，大都以'西方路上'开头。"（同书一三一页）我以为"佛曲之影响"应改为佛"教"之影响,《吴歌甲集》第五二、九五、九六、九七那四首,都以"西方路上"发端,大抵警世之作;而九七《西方路上一只船》,意味最厚:

> 西方路上一只船,歇船歇拉金銮殿,牵来牵去佛身边。
> 老人家下船微微笑;后生家下船苦黄连:第一掉弗落好公婆,
> 第二掉弗落好丈夫,第三掉弗落三岁孩童吭娘叫,第四掉弗落
> 四季衣衫件件新,第五掉弗落清水庙前一万鱼(原注,疑当作
> "湾"鱼),第六掉弗落六六里个财神进我门,第七掉弗落七
> 埭高楼八埭厅,第八掉弗落八色八样弗求人,第九掉弗落九子
> 九孙多富贵,第十掉弗落十代八代好乡邻。

这后三种似乎都是佛婆的制作,是她们人很多,能自成一社会;她们之有这种佛化的歌谣,可以说与农人之有秧歌是差不多的。

三、童蒙书的歌谣化　童蒙书指《三字经》、《百家姓》、《神童诗》、"四书"等。这种歌谣多是儿歌,以摘引书句为主。或系趁韵而成,或系嘲笑塾师,大抵是联贯的,也有不大联贯的。至于作者,或是儿童自己,他们不解所读的书之意义,便任意割裂,信口成歌,或嘲笑先生,借资娱乐;但也许是好事者所为。如:

(一)

　　"人之初",鼻涕拖;拖得长,吃得多。(何中孚先生《民谣集》二九页)

(二)

　　"赵钱孙李",隔壁打米。"周吴郑王",偷米换糖。"冯陈褚卫",大家一块。"蒋沈韩杨",吃子勤响。(《吴歌》四三页)

（三）

　　“大学之道”，先生掼倒；“在明明德”，先生出脱；“在新民”，先生扛出门；“在止于至善”，先生埋泥潭。（《民谣集》三〇页）

（四）

　　“梁惠王”，两只膀，荡来荡，荡到山唐上；吃子一碗绿豆汤。（《吴歌》四二页）

　　一是《三字经》，二是《百家姓》，三是《大学》，四是《孟子》。可注意的是，所引的都是开篇的句子；——五所引是开篇句子里的名字——这大约因为这些开篇的句子，印象最深，大家念得最熟之故吧。但也有不是开篇的句子的，如：

　　“人之初，性本善”，越打老的越不念。“君不君”——“君不君”，程咬金。“臣不臣”——沉不沉，大火轮。“父不父”——浮不浮，大豆腐。“子不子”——紫不紫，大茄子。（见《歌谣论集》，傅振伦先生《歌谣的起源》）

　　此歌全是趁韵，与前引二同。除“人之初”外，“君不君”四语均见《论语》；虽非开篇的句子，却也引用得极熟了的。此外，俞平伯先生曾记过一段《论语》的译文，说是流行于北方的：

　　“点儿点儿你干啥？”“我在这里弹琵琶。”“蹦”的一声来站起，我可不与你三比。——比不比，各人说的各人理。

　　三月里三月三，各人穿件蓝布衫，也有大，也有小，跳在河里洗个澡。洗洗澡，乘乘凉，回头唱个《山坡羊》。先生听了哈哈喜，"满屋子，学生不如你。"

赵永馀先生告我，陕西汉中也唱这一段，是用三弦和着的。《论语》原文如下：

> "点，尔何如？"鼓瑟希，铿尔，舍瑟而作。对曰："异
> 乎三子者之撰。"子曰，"何伤乎？亦各言其志也。"曰，
> "暮春者，春服既成，冠者五六人，童子六七人，浴乎沂，风
> 乎舞雩，咏而归。"夫子喟然叹曰，"吾与点也。"（《先
> 进》篇）

这一段译文的神气，与原文丝毫不爽，大约是文人所为，流传到民间去的。还有，钟敬文先生举出海丰的一首歌谣道：

> 公冶长，公冶长，南山有个虎咬羊。你食肉，我食肠。
> （《歌谣周刊》七七号）

四川威远也有此歌谣，下面多一句同下文所谓古歌。北方也有此歌，见Headland《中国儿歌》（Chinese Mother Goosed Rhymes）：

> 老鸦落在一棵树，张开口来就招呼："老王，老王，山后
> 有个大绵羊。你把它宰了，你吃肉，我吃肠。"（四一页）

公冶长变成"老王"了，但"王"与"长"还在同韵。钟先生说那首歌谣是从下一首古歌里出来的：

> 公冶长，公冶长，南山有个虎驮羊。
> 你食肉，我食肠；亟当取之勿徬徨！

他未说这首古歌的出处。他说这是诗，但又疑心是"当时或后代的民歌"。这个故事始见于梁皇侃《论语义疏》，他又是引《论释》的话；可见这是一个很古的传说。据这个传说，公冶长解鸟语，因此被人误会，系"在缧绁之中"；所以孔子说"非其罪"（《论语·公冶长》篇）。鸟语云何，本无明文；明田艺蘅《留青日札》才有记载，其辞与钟先生所举古歌近似，但"驮"作"抭"，无末句（以上据吴承仕先生《緅斋笔记》"鸟兽能言"条）。吴承仕先生说田说是"因皇疏而涂附之"。但以钟先生所举海丰歌谣证之，田说或亦系流行民歌，未必出自杜撰。因公冶长既早已成了传说的人物，则关于他的歌谣的流行，实在是很自然的事。钟先生所举古歌，我以为是歌谣而不是诗。钟先生还举出一首关于公冶长的古歌，也未说出处；我看那也很像歌谣，只说的事不同罢了。假如我的话不错，那么，关于公冶长的歌谣，且不止一种了。又公冶长的故事发生虽早，但那首歌谣究竟起于何时，却难断定；而《论语》在明朝已是童蒙书，那首歌谣发生的时候若与著录的时候相差不远，我们还是可列入本条的。所以现在附录在此。

四、曲的歌谣化

冯式权先生在《北方的小曲》（《东方杂志》二十一卷六号）里说："诗变而为词，词变而为曲；……曲变成了什么呢？我大胆的断定：'曲'后来变成了'小曲'——小曲中的'杂曲'。"又说："南北曲由结构上分成两支：一支是'杂剧'及'传奇'，一支是'小令'及'散套'。杂剧及传奇的歌法，由'弦索的北词'及'南戏'而'海盐腔'，而'弋阳腔'，而'昆山的水磨调'，经了许多变迁；然而南北曲的格式却是始终没有什么变化，并且自元以后也没有新创作的曲子。至于'小令'同'散套'则因为不合时俗的歌法，就把他们的格式改变了，以后又有许多新的创作品，于是他们就同南北曲分家了。杂曲同南北曲之分离，大约在明初的时候；不过现在我们很难——或者不能——找到明初的小曲子供我们比较。但是可确定的，他们在明朝中叶已经完全脱离关系。在明朝创作的杂曲却已经很有不少的了。"他还引沈德符的《野获编》为证:"元人小令行于燕、赵,后浸淫日盛。自宣(宣德)正(正统)至化(成化)治(宏治)后,中原又行《琐南枝》、《傍妆台》、《山坡羊》之属,……今所传《泥捏人》及《鞋打卦》、《熬髢髻》三阕……故不虚也。自兹以后,又有《耍孩儿》、《驻云飞》、《醉太平》诸曲,然不如三曲之盛。嘉(嘉靖)隆(隆庆)间乃兴《闹五更》、《寄生草》、《罗江怨》、《哭皇天》、《干荷叶》、《粉红莲》、《桐城歌》、《银绞丝》之属,自两淮以至江南;渐与词曲相远。……比年以来(万历间)又有《打枣干》、《桂枝儿》二曲,其腔调约略相似;则不问南北,不问男女,不问老幼、良贱,人人习之,亦人人喜听之;以至刊布成帙,举世传诵,沁人心腑。其谱不知从何来,真可骇叹!又有《山坡羊》者,……今南北词俱有此名;但北方惟盛爱数落《山坡羊》,其曲自宣(宣府)大(大同)辽东三镇传来;今京师妓女惯以此充'弦索北调'。……"这种"杂曲"的"格式",——曲调——有同南北曲一样,有的是改变了——改变的程度不一,但总不能全然脱离南北曲的影响。还有许多用南北曲的原文的。小曲是歌谣的一大支;冯先生的题目虽是"北方的小曲",但他的话有些地方似乎是泛论的。又《白雪遗音》里所录,也是这一类小曲。《白雪遗音选》附有《马头调谱》,看那每字下面很长的工尺谱,似乎是和声情多而辞情少的南曲相像的。

但小曲的来源,有些是很古的,如前引五更调,便是一例。

五、历史的歌谣化

歌谣里有"古人名"一种,大抵是不联贯的。这是历史的一种通俗化;其来源我疑心是故事或历史小说,而非正经的历史。《白雪遗音》收有此种(据郑振铎先生《白雪遗音选》序),但未见。张若谷先生《江南民歌的分类》文中叙事歌项下(《艺术三家言》二九八,二九九页)列有《岳传山歌》一名,当系唱本,也是历史的歌谣化。又钟敬文先生《客音情歌集》附录中有一歌云:

姜公八十初行运；年少家贫心莫焦，曹王英雄今何在？蒙
正当初处瓦窑。

这是联贯的一首，姜太公早已故事化，不用说。吕蒙正（宋人）的故事
也很多。曹王则借了《三国志演义》的力量，也已成了通俗的英雄。又
江苏宜兴有儿歌云：

亮月亮，蜀国出了个诸葛亮。平生打过许多仗，吴魏见他
真慌忙。可怜诸葛亮，平生壮志不能畅。后来蜀汉亡，免不得
在地下泪汪汪。（黄诏年先生《孩子们的歌声》一〇六页）

这简直是一本《三国志演义》的缩本了。这都是歌谣化了的历史。

六、传说的歌谣化

安徽合肥三河镇有儿歌云：

风婆婆，送风来！打麻线，扎口袋；扎不紧，刮倒井；扎
不住，刮倒树；扎不牢，刮倒桥。（《歌谣》十二）

又吴歌云：

一个小娘三寸长，茄科树（原注即茄茎）底下乘风凉。拨
拉（被）长脚蚂蚁扛子去，笑杀子亲夫哭杀子娘。（《甲集》
二十页）

这两首歌似乎都从传说出来；后一首很流行。那些传说或已亡佚，或还
存在偏僻的地方。传说里往往有歌谣，这是歌谣另一面的发展。如范寅
《越谚》里的《嚗嚗》云：

　　嗓嗓嗓，倍乃娘个田螺壳。榛榛榛，倍乃娘个田螺精。

　　这是螺女传说里的歌谣。螺女传说，《搜神后记》中已有，但与民间流行者稍异。据我所知，这传说大概是这样的："一个单身的乡下人，出去种田。种完了田回家做饭。有一天回家时，饭菜已都好了；他自然大可怪。第二天也是这样。第三天他可忍不住了，不去种田，却躲在一旁偷看。他见一个美女从水缸里出来，给他做饭。他仍装做种田回来，吃完了饭，到水缸边察看。他看见缸里有一只大田螺在着，心里明白。明天，仍躲在一旁。等那美女出来了，他便轻轻将缸里田螺壳取出藏起；走到屋里，求她做妻子。她忙到缸边，不见了那壳，无处藏身，便答应他了。后来生了孩子。孩子大了，别的孩子嘲笑他是异类，就唱出那首歌谣。（文字稍异）她听见生了气；要丈夫将螺壳取出来看看，取出来时，她便夺过投入水缸中，自己也随着跳入，从此永远不再出现。"（参看《中国文学研究》中西谛先生《螺壳中之女郎》）

　　刘策奇先生《故事中的歌谣》一文即记此种歌谣。（《歌谣周刊》五四）兹录《懒妇的答词》一则，是对唱的，情节简单极了。刘先生所引，都是家庭故事，没有一点神话的意味。一个家婆（据原注广西象县媳妇称姑之母曰家婆）训她的媳妇道：

　　早起三朝当一工。懒人睡到日头红。莫谓她家爱起早，免
　　得年下落雪风。

媳妇答道：

　　早起三朝当一工。墙根壁下有蜈蚣。若被蜈蚣咬一口，一
　　朝误坏九朝工。

这是"附带"在故事内的歌谣，与前所引不同。

七、戏剧的歌谣化

《白雪遗音》中有"戏名"一种，（据郑序）与"古人名"的格式相同，只是内容换了戏剧罢了。又袁复礼先生所采的甘肃的"话儿"，有一首云：

> 焦赞孟梁火胡芦，活化了穆哥寨了；错是我两个人都错
> 了，不是再不要怪了。

袁先生说这是受了小说、戏剧的影响；我想这只是《辕门斩子》、《穆柯寨》、《烧山》一类戏的影响，小说影响当是间接的——那些戏是从小说出来的。

但有一个相反的现象，我们也得注意，这便是歌谣的戏剧化。歌谣本有独唱、对唱两种。据论理说，我们可以说独唱在先；但事实恐未必然。前引各传说，可为一证。对唱即对山歌，有定形、不定形之别：定形的如《吴歌甲集》九八、九九、一〇〇诸首，但具歌辞，不涉歌者；不定形的，则由男女随口问答，或用旧歌，或由新创，如客民竞歌的风俗及刘三妹传说里所表见的。这两种对山歌都有戏剧化的倾向。但真正戏剧化了的，却是小曲。小曲夹入了说白，分出了脚色，便具了戏剧的规模，加上登台扮演，便完全是小戏剧了。冯式权先生曾举出明朝《银绞丝》的曲调，说到清朝不十分流行，却"跑到旧剧里边去"，辗转组成了《探亲相骂》一出戏。徐蔚南先生《民间文学》里，说山歌有"对唱并有说白"的一式。他只说依据山歌集，不知是何种何地山歌集。他引了《看相》一首，兹转录如下：

> （旦唱）肩背一把伞，招牌挂在伞上，写四个字，看相看
> 得清，你信么？咦儿吓，无儿吓，看相看得清，你信么？我是
> 凤阳人，出门二三春，丈夫在家望，望我转回程，可怜吓！我

本江湖女，来在大村坊，村坊高声叫，叫声看相人，有人么？咦儿吓，无儿吓，有人么？

（丑唱）听说叫看相，忙步到来临。

（旦白）看相么？

（丑唱）抬头打一望，见一女婆娘，是人么？咦儿吓，无儿吓，见一女婆娘，是人么？

（旦白）啐！

（丑唱）近前见一礼。

（旦唱）一礼还一礼。

（丑唱）家住那里人？为何到此地？大嫂吓！咦儿吓，无儿吓，为何到此地？大嫂吓！

（旦唱）看相就看相，何必问家乡？大爷吓！咦儿吓，无儿吓，何必问家乡？大爷吓？我本凤阳人，看相到此地，大爷吓！咦儿吓，无儿吓，看相到此地，大爷吓！

（丑唱）听说凤阳人，看相到来临，将我看一相，要钱多少文？咦儿吓，无儿吓，要钱多少文？你说吓！

（旦唱）大爷吓，听原因，我说你且听，铜钱要八文，银子要一分，不多吓！咦儿吓，无儿吓，银子要一分，不多吓！

（丑唱）原来铜钱八百银子要一斤。

（旦白）大爷听错了，铜钱八文银子一分。

（丑白）本当回家看，老婆又要骂；本当书房看，先生又要骂。这便怎处？唔有了！大嫂路上可看得。

（旦白）家有家相，路有路相。……（五四——六一页）

这一段中屡说"凤阳人"；《凤阳花鼓》是很有名的，这不知是不是花鼓一类。但由词句看来，似乎也是从小曲化出来的。徐先生说是不登台表演的。他又说"申曲"才是登台表演的山歌。其组织"是一男一女，有时外加一个敲小锣的人。如果没有敲小锣的人的时候，敲锣的职务便由那演唱的男子担任。他们在台上，一方面用着浦东调唱山歌，一方面做出姿势来表现歌曲里的情景。有时男的还要化装，脸上涂粉抹胭脂。"（五四页）徐先生说上海富有之家，逢到婚姻喜庆之时，便去请一班"申曲"去演唱。后来为适应公共娱乐场所的需要，才毅然登台演唱的。（五四，六一页）

追记的依托的构造的改作的摹拟的歌谣　广义地说，这些都可以说是摹拟的歌谣：小部分曾行于民间，大部分没有——其中有些，本不为行于民间而作。

一、追记的

追记是对于口传的古代歌谣而言。这有两种意义：一是照原样开始著录下来，如前述白启明先生之论《弹歌》；一是用当世语言著录下来，仿佛太史公之译《尚书》，郭绍虞先生之论《蜡辞》，便以为如此。普通用后一义，我现在也用这一义。若依前一义，那便是真正的歌谣了。我以为《弹歌》的文字，究竟还平易，或者也是第二种的追记。

二、依托的

"依托大都附会古人"（《古谣谚·凡例》），我所知只有《康衢谣》一例：《列子·仲尼》篇云："尧治天下，五十年，不知天下治欤，不治欤？不知天下之愿戴己欤，不愿戴己欤？顾问左右，左右不知，问外朝，外朝不知；问在野，在野不知。尧乃微服游于康衢，闻儿童谣曰：

> 立我蒸民，莫匪尔极，不识不知，顺帝之则。

尧喜，问曰：'谁教尔为此言？'童儿曰：'我闻诸大夫。'问大夫；大夫曰：'古诗也'。"郭绍虞先生说："此节文中很可以看出是因于孔子赞尧'荡荡乎民无能名焉'（《泰伯》篇）一语而后推衍出来的。所谓'左右不知''不识不知'云云，都所以为'民无能名'的形容。而且此《康衢谣》的前二句见《诗·周颂·思文》篇，后二句见

《诗·大雅·皇矣》篇。固然《诗经》中亦多袭用成句之处，……但是我们不能据于晚出的伪书以信《思文》、《皇矣》二篇之袭用《康衢谣》成语，我们只能谓后出的《列子》掇拾《诗经》的成语以托为上古的歌谣。"（《中国文学史纲要稿》）这种联缀成语的依托是很巧妙的。还有一种"补亡"，也可在此附论。郭先生说："邃古传说或者谓在某时代有某种作品，但是至于后世，往往归于散佚，于是仅存其目而不能举其辞。如夏侯玄《辨乐论》谓'伏羲氏因民兴利，教民田渔，天下归之，时则有网罟之歌；神农继之，教民食谷，时则有丰年之咏。'《隋书·乐志》所言与之相同，不过其歌词如何，早已散佚莫考。唐元结补乐歌十篇有《网罟歌》见《唐文粹》，其辞曰：

> 吾人苦兮水深深，网罟设兮水不深；
> 吾人苦兮水幽幽，网罟设兮水不幽。

元结又补《丰年咏》云：

> 猗大帝兮其智如神；分华实兮济我生人。
> 猗大帝兮其功如天；均四时兮成我丰年。

此等出于后人依托，在当时作者既已明言，即在于今日亦犹可考知其主名，所以其本不是邃古文学很为明显；而且，即伏羲、神农之号，《网罟歌》《丰年咏》之目，已恐是出于后人的想像，则于其本身本已不能十分确信了。"

三、构造的

这又有三种：一是托为童谣，实系自作，并未传播。如《南史·卞彬传》云："齐高帝辅政，袁粲、刘彦节、王蕴等皆不同，而沈攸之又称兵反。粲蕴虽败，攸之尚存。彬意犹以高帝事无所成，乃谓帝曰，'比闻谣云：

可怜可念尸著服，孝子不在日代哭；列管蹔鸣死灭族。

公颇闻不？'蕴居父忧，与粲同死，故云'尸著服'也。'服'者，'衣'也；'孝子不在日代哭'者，'褚'字也。彬谓沈攸之得志、褚彦回当败，故言'哭'也。'列管'，谓'箫'也。高帝不悦。及彬退，曰，'彬自作此'。"这一段中一则曰"彬意"，再则曰"彬谓"，坐实了卞彬自作；但《南齐书》所叙稍含混。（据《古谣谚》八十七）

又《新唐书·董昌传》云："累拜检校太尉，同中书门下平章事，爵陇西郡王。昌得郡王，咤曰，'朝廷负我；何惜越王不我与？时至，我当应天顺人。'其属吴繇、秦昌裕、卢勤、朱瓒、董厍、李畅、薛辽与妖人应智王、温巫、韩媪，皆赞之。昌益兵城四县自防。山阴老人伪献谣曰：

欲识圣人姓，千里草青青；（《古谣谚》原注：原本无，今据《广记》卷二百九十引《会稽录》，及《全唐诗》十二函补）欲知天子名，日从日上生。

昌喜，赐百嫌。乾宁二年，即伪位，国号大越。"（据《古谣谚》八十七）又如《汉书·王莽传》云："风俗使者八人还，……诈为郡国造歌谣，颂功德，凡三万言。"这自然也是未经传播的。

二是为了某种政治目的，构造歌谣，使儿童歌之，传于闾巷。有的是陷害人的，如北齐祖斑穆提婆与斛律光积怨。时周将军韦孝宽忌光英勇，乃令参军曲岩作谣言云：

百升飞上天，明月照长安

又曰：

　　　　高山不推自崩，槲树不扶自竖。

斑因续之曰：

　　　　盲眼老公背上下大斧，饶舌老母不得语。

令小儿歌之于路。提婆闻之，以告其母女侍中陆令萱。萱以"饶舌"斥
己也，"盲老公"谓班也。遂相与协谋，以谣言启帝。光竟以此诛。谣
中"百升"谓"斛"，"明月"乃"光"字，"高山"则指齐也。（据
《古谣谚》八十七引《北齐书·周书》）
　　这几首谣辞说斛律光有野心，陷害之意甚明。更有用旁敲侧击法
的，如《旧唐书》载裴度自兴元请入朝时，李逢吉党张权舆作谣词云：

　　　　非衣小儿坦其腹，天上有口被驱逐。

"天上有口"言度尝平吴元济也。这谣词乍看似乎是颂裴度的功德的，
但张权舆的疏里说，"度名应图谶，……不召自来，其心可见"；所谓
"图谶"，便是这首谣词了。这一来，谣词里说得越好，裴度便越危险
了。可是这一回张权舆却未成功。（据《古谣谚》八十七）
　　有的是煽惑人的，如《朝野金载》逸文，《古谣谚》原注，据《广记》
卷二百八十八载唐裴炎为中书令。时徐敬业欲反，令骆宾王画计，取裴炎
同起事。宾王乃为谣曰：

　　　　一片火，两片火，绯衣小儿当殿坐。

教炎庄上小儿诵之，并都下童子皆唱。这样裴炎便入了他们的圈套
了——但《通鉴考异》说这件事是谣言（据《古谣谚》九十三）。又
《明季北略》但载李岩为李自成造谣词云：

穿他娘，吃他娘，开了大门迎闯王；闯王来时不纳粮！

（据《古谣谚》八十七）

这也是煽惑人的；但上一首是煽惑个人，这一首是煽惑民众。

有的是怨谤人的，如《续汉书·五行志》载献帝初京师童谣云：

千里草，何青青。十日卜，不得生！（《古谣谚》六）

"千里草"隐"董"字，"十日卜"隐"卓"字。这种歌词虽说是童谣，但如此精巧，显然是构造的。我疑心这是咒诅之辞，与"时日害丧"相同；其后来的应验，则是偶然。真正占验的童谣是没有的。

关于为政治的目的而作的歌谣，我们还可举一个笼统的例子。《全唐文》唐僖宗《南郊赦文》有云："近日奸险之徒，多造无名文状，或张悬文榜，或撰造童谣。此为弊源，合处极法。"歌谣与政治的关系，这里是看得很重的。又前所举"并未传播"的、假托的童谣，也是关于政治的。

三是为骗钱而作的歌谣。如《酉阳杂俎》载，时人为仆射马燧造谣，传于军中。谣云：

斋钟动也，和尚不上堂。

这人后来去见马燧，说此谣正说的他："斋钟动"，时至也；"和尚"，是他的名字；"不上堂"，不自取也。那时马燧功高自矜；此人投其所好，恭维他将做皇帝。但此人又说照相看来，还小有未通处，须有值数千万的宝物才行。马燧信以为真，给了许多宝物；此人于是一去不知所之。（据《古谣谚》九十七）这虽也像煽惑，而本旨实在骗钱，但仍是与政治有关的。

至于《坚瓠集》所载一条，却又不同："武进翟海槎（永龄）赴南京，患无赀。买枣数十斤。每至市墟，呼群儿至，每儿与枣一掬，教之曰：

不要轻，不要轻，今年解元翟永龄。

一路童谣载道。闻者多觅其旅邸访之，大获赆利。"（《古谣谚》九十七）这与政治无关，只是利用相传的以童谣占验的社会心理来骗取一些盘费罢了。——以上二、三两种虽出构造，后来却成为真正的歌谣，与别的真正的歌谣一样。第一种则不能以歌谣论。

四、改作的

这也有两种：一是为教育的目的而改作的，如明朝吕坤的《演小儿语》。《谈龙集》引《小儿语》（《演小儿语》是《小儿语》的末卷）的《书后》，是吕坤做的，他说："小儿皆有语，语皆成章，然无谓。先君谓无谓也，更之，又谓所更之未备也，命余续之；既成刻矣，余又借小儿原语而演之。"末一语即指《演小儿语》那一卷。《谈龙集》又说，据这一卷的小引，卷中所录，"系采取直隶、河南、山西、陕西的童谣加以修改，为训蒙之用者。"

风来了，雨来了，老和尚背着鼓来了。

一首也在里面，只是下半改作过了。（二八五——二九〇页）

二是为文艺的目的而改作的，如黄遵宪的《山歌》九首，实系由客家山歌改成的诗。他自序云："土俗好为歌，男女赠答，颇有《子夜》、《读曲》遗意。采其能笔于书者，得数首。"文人好为狡狯，明明是改作，却偏要隐约其词。兹举其一首为例：

买梨莫买蜂咬梨，心中有病没人知。因为分梨更亲切，谁

知亲切转伤离？（以上据《五十年来中国之文学》）

黄氏所改的原歌，现在都已无从查考。但闽谣里有一首云：

　　　买梨莫买虫咬梨，心中有苦那得知！因为分梨更亲切，那
　　知亲切转伤梨？

这见于前引王礼锡先生文中，与黄氏诗只差数字。据王先生说，此谣也只流行于福建客籍中间；不知黄氏所据的原歌，与此是否一样。若是的，黄氏所改似也很少。

五、摹拟的

说到摹拟的歌谣，我们首先想到的自然是拟作的乐府。这种作品极多，是一个重要的文学趋势。《汉书·礼乐志》说武帝时"立乐府，采诗，夜诵，有赵代秦楚之讴。以李延年为协律都尉"。《白话文学史》说，"'乐府'即是后世所谓'教坊'"（三〇页），是"一个俗乐的机关，民歌的保存所"。（三一页）又说："民间的乐歌收在乐府的，叫做'乐府'；而文人模仿民歌作的乐歌，也叫做'乐府'；而后来文人模仿古乐府作的不能入乐的诗歌，也叫做'乐府'或'新乐府'。"（三三页）这种模仿的乐府始于何时呢？又说："大概西汉只有民歌；那时的文人也许有受了民间文学的影响而作诗歌的，但风气未开，这种作品只是'俗文学'。到了东汉中叶以后，民间文学的影响已深入了，已普遍了，方才有上流人出来公然仿效乐府歌辞，造作歌诗。文学史上遂开一个新局面。"（五六页）

黄侃先生区乐府为四种："一、乐府所用本曲，若汉相和歌辞《江南》、《东光》之类是也。二、依乐府本曲以制辞，而其声亦被弦管者；若魏武依《苦寒行》以制《北上》，魏文依《燕歌行》以制《秋风》是也。三、依乐府题以制辞，而其声不被弦管者；若子建、士衡所作是也。四、不依乐府旧题，自创新题以制辞，其声亦不被弦管者；若

杜子美《悲陈陶》诸篇，白乐天新乐府是也。从诗歌分途之说，则惟前二者得称乐府，后二者虽名乐府，与雅俗之诗无殊。从诗乐同类之说，则前二者为有辞有声之乐府，后二者为有辞无声之乐府。如此复与雅俗之诗无殊。"（范文澜《文心雕龙·讲疏乐府》篇引）一是合乐的歌谣，二、三、四都是摹拟的歌谣，虽然性质程度各异。这种摹拟的风气，至唐朝已渐衰，宋更甚；但元朝却又渐渐走转来，到明朝竟是"寸步不移，唯恐失之"——那种字句的摹拟是古所未有的。清朝则似乎又恢复唐朝的样子。以上第二种便是曹植《鼙舞诗序》里所谓"依前曲，作新声"（《白话文学史》五九页）；乐府在汉末，还是可歌的。（看同书五八、五九页）这种"依谱填词"的办法，仍以原来的曲调为主，但文字的体裁上，可是摹拟的。第三、四及以下，则竟是按照不同的程度，将乐府当作诗之一种体裁而摹拟了。

作家的诗以"歌""行"名的（用乐府古题者除外）至少体裁上是摹拟乐府的。兹举李白《元丹丘歌》、杜甫《最能行》为例：

元丹丘，爱神仙，朝饮颍川之清流，暮还嵩岑之紫烟，三十六峰长周旋。长周旋蹑星虹，身骑飞龙耳生风，横河跨海与天通。——我知尔游心无穷！

峡中丈夫绝轻死，少在公门多在水。富豪有钱驾大舸，贫穷取给行舴艋子。小儿学问止论语，大儿结束随商旅，欹帆侧柂入波涛，撇漩捎㧗无险阻。朝发白帝暮江陵，顷来目击信有征；瞿塘漫天虎须怒，归州长年行最能。此乡之人器量窄，误竞南风疏北客，若道士无英俊才，何得山有屈原宅。

这两首体裁、意境，都像乐府。而诗之称"行"者，更多是摹拟乐府之作。至诗以"谣"名的，《穆天子传》有《白云谣》《穆天子谣》等。这些我想至多也只是追记的；似乎是摹拟《诗》三百篇的作品。后来陈后主有《独酌谣》四首，孔仲智有《羁谣》（《乐府》八十七），体裁上像是摹拟乐府；但意境全然是个人的——《白云谣》等亦如此。以上《乐府》都列入《杂歌谣辞》。唐李白有《庐山谣》，中有句云：

> 好为《庐山谣》，兴为庐山发。

这种意境当然也是个人的。又温庭筠《乐府倚曲》里有《夜宴谣》、《莲浦谣》、《遐水谣》、《晓仙谣》、《水仙谣》，见《乐府·新乐府辞》。这些谣的体裁意境便都像乐府了。举《水仙谣》为例：

> 水客夜骑红鲤鱼，赤鸾双鹤蓬瀛书。轻尘不起雨新霁，万里孤光含碧虚。露魄冠轻见云发，寒丝七柱香泉咽。夜深天碧乱山姿，光碎玉（一作平）波满船月。

以上都是摹拟古歌谣的；而且除黄先生所举第二种外，都是将歌谣当作诗之一体去摹拟的——这样，便不注重声的一方面了。至于近世歌谣，一向为人鄙视，没有摹拟的人。直到前几年，才有俞平伯、刘复两先生乐意来尝试。俞先生有《吴声恋歌十解》，载在《我们的七月》（一九二四年）上；刘先生有《瓦釜集》，十五年由北新出版，那是摹拟江阴民歌的。他们是将歌谣当作歌谣去摹拟，不但注意体裁，而且注意曲调，和汉末的"依前曲，制新声"是相仿的。兹各举一例：

> 恩爱夫妻到白头；花要飘来水要流！郎心赛过一片东流水，小奴奴身体像花浮。（《吴声恋歌十解》之九）
>
> 一只雄鹅飞上天，我肚里四句头山歌无万千。你里若要我把山歌来唱，先借个煤头火来吃筒烟。
>
> 一只雄鹅飞过江，江南江北远茫茫。我山歌江南唱仔还要唱到江北去，家来买把笤帚，送把东村王大郎。（《瓦釜集·开场的歌》）

三　歌谣的历史

古歌谣与近世歌谣　中国古代歌谣的著录，或因音乐的关系，或因占验的关系，见于所谓正经书里的，大抵不外此两种。志书以"观风"的见地收录歌谣，当已在很晚的时期（太史陈诗，以观民风之说不足信；《诗经》所录，实全为乐歌，见下）；至于当作文艺而加以辑录的，则更晚了。此层第一章里也已说过。无论取那一种观点，他们不曾认识歌谣本身的价值却是一样。他们对于歌谣，多少有一点随便的态度；因此歌谣在著录时，便不免被改变而不能保全其真相。这种改变，在乐工的手里，便是为了音乐的缘故；在文人的手里，便是为了艺术的缘故。顾颉刚先生说，"《诗经》里的歌谣，都是已经成为乐章的歌谣，不是歌谣的本相"（《歌谣》三九）；他的理由也许太系统的了，但这个结论我相信。乐府里往往同一首歌"本辞"很简单明白，入乐后繁复拖沓，正可作一旁证。其实就是那些本辞，也未必不经文人润色。他如正史及故书雅记中所载童谣，当更不免如此。只有笔记中所收，或者近真的较多；因为笔记的体裁本不甚尊，无须刻意求雅，所以倒反自由些。至于《古谣谚》，体例极为谨严，原不至有所润色；但书中材料，全系转录故书，非从口传写录者可比，所以仍未必为真相。《粤风》原辑诸人，录自口传，而动机在于好奇，不为学术，有无润色，也颇难说。华广生所辑，疑有唱本之类，不全得自民众口中；他书末全录

《玉蜻蜓》弹词，便是可疑的证据。这些中除《粤风》中各歌，至今或尚有流行，可资参证外，我们都称之为古歌谣。它们或较原歌繁复，或较精巧，大都非本来面目。自然，我们也承认古今语言之异，不应以今衡古；但繁简精粗之别，另是一事，不致与古今之异相混的。

北京大学歌谣研究会征集全国近世歌谣简章第三条说："现定时期，以当代通行为限。"这"当代通行"四字，便是他们所谓"近世"的界说。这个界说本身也许不很确切，但极便应用。上章引过一位老太太的话，说歌谣是活在民众口中的，一印到纸上，便是死的了。常惠先生也说："无论怎样，文字决不能达到声调和情趣，一经写在纸上，就不是他了。"（《歌谣论著》三〇五页）但是为研究起见，我们只有写录和用留声机的蜡片收音两法；后一法自然最好，而太费；事实上决不能每歌都用此法，且一曲两种调，这样便得一件活东西分剖开了，却也是无法的事。关于曲调的写录，须有一副音乐家的耳朵和手，非尽人所能为；当然是很难精确的。至于写录词句，却较容易些；虽然有许多有音乐字的字，也颇困难。写录既如此难得精确，自然不能靠书本或传闻，所以常先生说，"非得亲自到民间去搜集不可。"（同上）有了这种精确的材料才可说到研究，而真正着手，还严格说，非等待材料齐备不可。不然，终于是"好事者的谈助"而已。现在我们的材料本不多，整理出来的更少。而曲调的收集或写录，几乎还未动手呢。以上所说，是专就口传的歌谣说；至于唱本，自当别论。唱本的曲调，收集与写录，与口传的歌谣方法上无甚分别；只是词句是印成的。唱本原为的识字的人，他们可以拿本子看着唱。而别人学他们唱的却就不靠着本子。这样传播开去，往往有多少的改变，如四季相思、五更调、十杯酒、十二月等，都是。所以唱本的搜罗——现在只有少数人做这事，顾颉刚先生是一个——固然要紧，却仍不能丢开了那些口传的变异不管。唱本自然不会有很古的，但也可用"当代通行"一个条件为比较的古近之界。唱本的数量很可惊，因为各地似乎都有，搜集的事，也是一件大工作。

诗经中的歌谣 《诗经》所录，大抵全是周诗（商颂亦是周诗，论者甚多，王国维先生《观堂集林》中有《说商颂》一文，可参看），这是我们最早的诗歌总集，也可说是我们最早的唱本。《诗经》以前，虽还有好歌谣，都靠不住；比较值得讨论的，前章中均已说过。我们现在讲歌谣的历史，简直就从《诗经》起头好了。

顾颉刚先生有《从〈诗经〉中整理出歌谣的意见》一文（《歌谣》三九），他说：

《诗经》三百五篇中，到底有几篇歌谣，这是很难说定的。在这个问题上，大家都说"风""雅""颂"的分类即是歌谣与非歌谣的分类，所以风是歌谣，雅颂不是歌谣。这就大体上看，固然不错，但我们应该牢牢记住的，这句话只是一个粗粗的分析而不是确当的解释。

我们看《国风》中固然有不少的歌谣，但非歌谣的部分也实在不少。……因为是为应用而做的。反看《小雅》中，非歌谣的部分固是多，但歌谣也是不少。……

《大雅》和《颂》，可以说没有歌谣。（《国风》与《小雅》的界限分不清，《小雅》与《大雅》的界限分不清，《大雅》和《颂》的界限分不清，而《国风》与《大雅》和《颂》的界限是易分清的。……）其故大约因为乐声的迟重，不适于谱歌谣；奏乐地方的尊严，不适于用歌谣。《小雅》的乐声，可以奏非歌谣，也可奏歌谣，故二者都占到了一部分。——这是我的假定。

我始终以为诗的分为风雅颂，是声音上的关系，态度上的关系，而不是意义上的关系。……音乐表演的分类不能即认为意义的分类，所以要从《诗经》中整理出歌谣来，应就意义看看一首诗含有歌谣的成分的，我们就可说它是歌谣；风雅的界限可以不管，否则就在《国风》里也应得剔出。

再有一个意思，我以为《诗经》里的歌谣，都是已经成为乐章的歌谣，不是歌谣的本相。凡是歌谣，只要唱完就算，无取乎往复重沓。惟乐章则因奏乐的关系，太短了觉得无味，一定要往复重沓好几遍。《诗经》中的诗，往往一篇中有好几章都是意义一样真，章数的不同只是换去了几个字。我们在这里，可以假定其中的一章是原来的歌谣，其他数章是乐师申述的乐章，如：

月出皎兮，佼人僚兮。舒窈纠兮，劳心悄兮。

月出皓兮，佼人㑦兮。舒忧受兮，劳心慅兮。

月出照兮，佼人燎兮。舒夭绍兮，劳心惨兮。

这里的"皎、皓、照"，"僚、㑦、燎"，"窈纠、忧受、夭绍"，"悄、慅、惨"，完全是声音的不同，借来多做出几章，并没有意义上的关系（文义上即有不同，亦非谱曲者所重）。在这篇诗中，任何一章都可独立成为一首歌谣；但联合了三章，则便是乐章的面目而不是歌谣的面目了。（顾先生后来写《论诗经所录全为乐歌》一文，补充这一段所说，相信由徒歌变成的乐歌不都是一篇中惟有一章是原来的歌词。）

我们在这里，要从乐章中指实某一章是原始的歌谣，固是不能；但要知道那一篇乐章是把歌谣作底子的，这便不妨从意义上着眼而加以推测。虽则有了歌谣的成分未必即为歌谣，也许是乐师模仿歌谣而做出来的；但我们研究之力所可到的境界是止于此了，我们只可以尽这一点的职责了。

顾先生别有《论诗经所录全为乐歌》长文（《北京大学国学门研究所周刊》十、十一、十二），说得极为充畅。但他坚执那些整齐的歌词，复沓的篇章，是乐工为了职业而编制的；我们觉得还可商榷。他说"古代的成人的抒情之歌极复沓"；又说"古代徒歌〔歌谣与非歌谣〕中的复沓是可以有的，但往往用在对偶、反复、尾声，而不是把一个意思复沓成为若干章。"又今日的成人的抒情之歌也极少复沓，复沓的只是儿歌和对山歌。他又引吴歌《跳槽》和《玉美针》的乐歌和徒歌，证明徒歌简而乐歌繁；引《五更调》及《十二月唱春调》，证明乐歌的回环复沓，是由于"乐调的不得已"。顾先生的主要观点是以今例古，这是不很妥当的。我们可以说，古代成人的抒情的歌有些也和今日的儿歌和对山歌一样，是重章的；证据便是《诗经》。至于今日成人的抒情的歌，则已进化，所以重章只遗留在儿歌和对山歌里了。这个"进化"的解释，我想也许较自然些；今古遥遥不相接，究竟难以此例彼的。至于五更与十二月，原是自然限制，无所谓"乐调的不得已"；《诗经》中也绝无相同的例。要说"乐词的不得已"，《跳槽》和《玉美针》两歌，倒是适当的例子；但也只能证明徒歌不分章，乐歌是分章的，又乐歌中添了些"衬字、叠字、拟声"而已。至于整齐的歌词，复沓的篇章，是乐歌的特色，所以别于徒歌，这一层却并未能证明。这两歌的情形和乐府很相像。乐府所载入乐的歌，与本辞相较，确多用些重叠；但也只增加句子，分分解数，并不如顾先生所说，将一意重叠为数章；而且乐歌还往往不及本辞整齐呢。《诗经》与乐府的时代相去不远，乐府入乐的办法或与《诗经》有关，亦未可知。顾先生文中所举别的证据，足够使我们相信《诗经》所录全为乐歌，相信徒歌改为乐歌时，乐工重加编制。但他将编制的方法说得太呆板了，倒反不能自圆其说了。他对于《葛生》一诗，也知道不能应用他的原则，但他却还要坚持那原则，发挥下去，这未免有些偏了。

怎么知道《诗经》中有一部分是徒歌变成的乐歌呢？顾先生说："因为王制说'命太师陈诗以观民风'，《汉书·食货志》说'孟春之月，群居者将散，行人振木铎，徇于路以采诗，献之太师，比其音律，以闻于天子'。在这些话里，是说《诗经》中一部分诗是从徒歌变为乐歌的。但这些话都是汉代人的，未必一定可靠。我所以还敢信它们之故，因为汉以后的乐府有变民间徒歌为乐歌的。"

我以为采诗观风之说，未必可信。但乐工们为职业的缘故，自动或被动地搜集各地的"土乐"（《国风》）以备应用，却是可能的。也许鲁国最讲究这层，所以搜集保存的独多，便成了传到现在的《诗经》。这虽是揣测之谈，但也有些证据。《左传》襄公二十六年季札到鲁国观乐，乐工所歌的与《诗经》几乎全同，这可见鲁国乐的著名与完备了。

顾先生据《仪礼·乡饮酒礼》而知古代典礼中所用的乐歌有三种：（一）正歌，（二）无算乐，（三）乡乐。正歌是在行礼时用的；无算乐则多量的演奏，期于尽欢；乡乐则更随便，有什么是什么了。"乡乐"一名应该作乡土之乐解。因为慰劳司正是一件不严重的礼节，所以吃的东西只要有什么是什么，听的东西也只要点什么是什么。乡土之乐是最不严重的，故便在那时奏了。其实我们不能分乐诗为"典礼所用的"与"非典礼所用的"，我们只能分乐诗为"典礼中规定应用的"与"典礼中不规定应用的"。正歌一类是典礼中规定应用的；至于"无算乐"，"乡乐"，以及《左传》中所记的杂取无择的赋诗，是典礼中不规定应用的。规定应用的，大都是乔皇典丽的篇章，不出《南》《雅》之外；不规定应用的，不妨有愁思和讽刺的作品，《邶》《鄘》以下和《雅》中的一部分，便作此等用。

孔子曾说了两次"郑声"。《卫灵公》篇云："颜渊问为邦。子曰：'乐则韶舞，放郑声，……郑声淫……。'"《阳货》篇云："恶郑声之乱雅乐也。"

孔子是正《雅》《颂》的人，他说"郑声乱雅乐"，"正"和"乱"正是对立之词；雅乐既是指《雅》《颂》，则别正声于雅乐之外，似乎他是把"郑声"一名泛指着一般土乐。（《国风》）所以有此假设之故，因为《汉书·礼乐志》中的纪事，也是把燕代秦楚各地的音乐都唤做"郑声"的。而真正郑地的乐工在西汉乐府中倒反没有。从《礼乐志》里，并可见此类乐调单言则于"郑声"，叠举则为"郑卫之音"。"郑声"一名如此用法，成了一个很普泛的乐调的名字，正如现在所说的"小调"。因为其中以郑国为最著名，所以总称为"郑声"（以上节录顾先生原文）。也便是"典礼中不规定的"那些乐歌了。

陆侃如先生的《诗经研究》稿本用王质程大昌之说，将"南"与《风》《雅》《颂》并列，为《诗经》的四体，以为都是乐名。顾先生《论诗经所录全为乐歌》一文中所说也相同。陆先生研究的结果，以为今本《诗经》的次序应该翻过来，现在《南》最前，《风》次之，《雅》又次之，《颂》最后。其实《颂》的时代最早，《雅》次之，《风》又次之，《南》最晚出。他有一表，示四体发生的先后：

（西周）	**（东周）**	
（周颂）	（商颂）	（鲁颂）
（大小雅）		
（十一）	（国风）	
	（二南）	
西元前 1115 年至前 771 年	西元前 770 年至前 570 年	

自周民族灭商，代兴以后，最初起的诗是舞歌和祭歌，即所谓"周颂"是。《颂》声寝息，《雅》诗便渐渐兴起。因为音乐的关系，分为大小二种。《大雅》为西周的作品，《小雅》为西周末年及东周初年的作品。《小雅》与《国风》差不多同时，《国风》略后。《国风》共十三国，但邶鄘之诗已亡（现在的邶鄘二风，实系卫风），现存仅十一国。可分为五种：《豳》《桧》全系西周之诗，为第一种；《秦风》为东西周之交之诗，为第二种；《王》《卫》《唐》为东周初年之诗，为第三种；《齐》《魏》为春秋初年之诗，为第四种；《郑》《曹》《陈》为春秋中年之诗，为第五种。这与今本《诗经》次序不同，是比较合理的次序。

东迁以后，长江流域对于古代文学有很大的贡献，所谓二《南》是。《国风》的十一国，是环绕着东都的：豳秦在其西，魏唐在其北，卫齐在其东,郑陈桧曹在其南。因迁都的关系,文化的中心点也向东南移动,故现在的河南一省实为古代诗歌最盛的地方。同时楚国渐渐强盛——"汉阳诸姬,楚实尽之"——文化的程度也渐渐的增高。在东周之世,实在是一个楚民族与周民族对峙的局面。二《南》便是东迁后的楚诗,可以谓之楚风。诗经时代五百年的大势约略如此(以上大部分系陆先生原文,考证从略)。

《小雅》存七十四篇,陆先生就其内容,分为祭祀诗、燕饮诗、祝颂诗、讽刺诗、抒情诗、史诗诸种;抒情诗又分为政治的,非政治的两种。非政治的,大致是说亲子、夫妇、朋友之爱的;政治的抒情诗与讽刺诗之别,一是重在自己,一是重在别人。顾先生以为凡关于典礼的诗,都是为应用而做的,所以不能算作歌谣。但此层也当分别论之。现在的歌谣里,仪式歌不少;古代比现在看重仪式得多,一定说歌谣里不能有仪式歌,怕也不甚妥当。例如《白驹》自然不是歌谣,但《斯于》,就很像民间作品了。就陆先生所分的说,大致讽刺诗里可以说没有歌谣,其余就都难论定;自然,抒情诗里,歌谣应该多些。其实顾先生的话,现在也只能供参考,不能即成确定不移之说;陆先生的话也是如此。

《国风》一百三十五篇,二《南》二十五篇,共一百六十篇。这十二国各有各的特点。《汉书·地理志》云:

> 故秦地,……诗风兼秦豳两国。……其民有先王遗风,好稼穑,务本业。故豳诗言农桑衣食之本甚备。……安定,北地,上郡,西河,皆迫近戎狄,修习战备,高上气力,以射猎为先。故秦诗……言车马田狩之事。

> 河内本殷之旧都,……《诗·风》邶、鄘、卫国是也。……俗刚强,多豪桀侵夺,薄恩礼,好生分。

> 卫地有桑间濮上之阻,男女亦亟聚会,声色生焉。故俗称郑卫之音。

　　　　河东土地平易，有盐铁之饶，本唐尧所居，《诗·风》唐
　　魏之国也。……其民有先王遗教，君子深思，小人俭陋，故唐
　　诗《蟋蟀》《山枢》《葛生》之篇，……皆思奢俭之中，念死
　　生之虑。

　　　　郑国……土狭而险，山居谷汲，男女亟聚会，故其俗淫。

　　　　陈国……妇人尊贵，好祭祀，用史巫，故其俗好巫鬼。

　　　　齐诗曰："子之营兮，遭我虖巇之间兮"，又曰，"俟我
　　于著乎而"，此亦舒缓之体也。

这里所录，皆是与《诗》有关的。除《桧》《王》《曹》三风及二
《南》外，皆已论及。陆先生研究的结果，与此可以参看。他说《豳
风》重农，《秦风》尚武，《王风》多乱离之作，《卫风》《郑风》
《陈风》善言情；《唐风》黯淡，多及时行乐之咏；《魏风》多讽刺，
是社会或政治状况的反映。《曹风》多政治的诗，《蜉蝣》一篇，则为
忧生之嗟。二《南》多言情之作，《桧》《齐》也如此。谢晋青先生
《诗经之女性的研究》里说十五《国风》中，经他认为有关妇女问题
的，共八十五篇。其中最多的为恋爱问题诗，其次即为描写女性美和女
性生活之诗，再其次就是婚姻问题和失恋的作品。照谢先生的计算，有
关妇女的诗，竟占了《国风》和二《南》的一半了。

　　乐府中的歌谣　陆侃如先生《乐府古辞考》引《汉书·礼乐志》
云："（武帝）乃立'乐府'，采诗夜诵，（范文澜谓《说文·夕部》
'夜从夕，夕者，相绎也'，夜绎音同义通。）有赵、代、秦、楚之
讴。以李延年为协律都尉，多举司马相如等造为诗赋，略论律吕，以合
八音之调，作十九章之歌。"可见"乐府"本是一种官署名，所谓"俗
乐的机关，民歌的保存所"（参看上章）；后人即以他们所搜集的诗歌
为乐府，却是引申义了。我们从班固的记载，知道当时所搜集的《乐
府》，可分两种：一种是民间的歌谣，一种是文人的作品。但这两种都
未必能协乐器之律，故使李延年为协律都尉，把它们增删一下，或修改

一下，使他们都能入乐。《文心雕龙·乐府》篇云："陈思称李延年闲于增损古辞，多者则宜减之，明贵约也。"意却重在减损一面。曹植是懂得乐府音节的人，他的话应该可信。现在所存的乐府——尤其是《相和歌》中的《大曲》——除魏晋乐所奏外，尚有"本辞"存在。我们若把"本辞"同魏晋乐所奏的本子校对一下，便可发现许多修改或增删之处，——大体说，增加处多——便是为此。

但"乐府"之名并不限于这种删改过的歌辞。亦有通晓音律的人，能够自铸乐辞。李延年自己也曾造过二十八解新声《横吹》。总之，凡可被之筦弦者，均可名乐府，故宋元人的词曲集亦有备用"乐府"之名的（以上参用陆书原文）。

《汉书·艺文志·诗赋略》卒云："自孝武立乐府而采歌谣，于是有代赵之讴，秦楚之风，皆感于哀乐，缘事而发，亦可以观风俗，知薄厚云。"

《诗赋略》中所著录的有以下诸书：

《吴楚汝南歌诗》十五篇。《燕代讴》、《雁门云中》、《陇西歌诗》九篇。《邯郸河间歌诗》四篇。《齐郑歌诗》四篇。《淮南歌诗》四篇。《左冯翊秦歌诗》三篇。《京兆尹秦歌诗》五篇。《河东蒲坂歌诗》一篇。《雒阳歌诗》四篇。《河南周歌诗》七篇。《河南周歌诗声曲折》七篇。《周谣歌诗》七十五篇。《周谣歌诗声曲折》七十五篇。《周歌诗》二篇。《南郡歌诗》五篇。

这些是各地方的歌诗，即是直接《诗经》中《国风》一部分的。这些歌诗决不是徒歌，一因其中有"曲折"（即乐谱），二因它们都在乐府。《礼乐志》又有主各种音乐的乐员，其关于各地音乐者如下：

邯郸鼓员二人。江南鼓员二人。淮南鼓员四人。巴俞鼓

员三十六人。临淮鼓员三十五人。兹邪（王先谦谓即什邪）鼓
员三人。郑四会员六十二人。沛吹鼓员十二人。陈吹鼓员十三
人。东海鼓员十六人。楚鼓员六人。秦倡员二十九人。楚四会
员十七人。巴四会员十二人。铫（沈钦韩疑与赵通）四会员
十二人。齐四会员十九人。蔡讴员三人。齐讴员六人。

那时奏乐的样子，从《楚辞》中可以看得更明白。《招魂》说："肴羞
未通，女乐曰淮些。陈钟按鼓，进新歌些。《涉江》《采菱》，发《阳
阿》些。……二八齐容，赵郑舞些。……竽瑟狂会，慎鸣鼓些。宫廷
震惊，发激楚些。吴歈蔡讴，奏大吕些。"又《大昭》说："代秦郑
卫，鸣竽张只。伏羲《驾辩》，楚《劳商只》。讴和《阳阿》，赵箫昌
只。"在这些材料中，可见当时乐调最盛的地方，在北是代秦、赵齐，
在南是郑蔡吴楚（《艺文志》中所载诗邯郸是赵，淮南是吴）；因为那
些地方的乐调最盛，所以著录的歌诗也最多。（以上参用顾颉刚先生
《论诗经所录全为乐歌》一文中语）

汉代雅乐衰微。朱希祖先生研究"汉三大乐歌"（《安世房中歌》
十六章，《郊祀歌》十九章，《镜歌》十八章），说它们皆非中国旧有
之雅乐，乃从别国新入之声调。又说此三大乐歌差不多可代表汉乐府全
体的声调。所谓新入之声调，又可分为两种，一为楚声，一为北狄西域
之声，当时名为新声。雅乐产生于旧时的中国，即今之黄河流域。诗
三百余篇，皆是当时所谓雅乐。其中只有二《南》是"南音"，照陆侃
如先生的话推论，便是早年的楚声了。但代表楚声的是屈原、宋玉等的
辞赋，与李斯刻石文章。汉初年的歌诗，大概都属于楚声。所以史孝山
《出师颂》（见《文选》）有云，"朔风变楚"，便是说北方风气，一
变而为南了。换言之，即雅乐变为楚声了。至于新声，虽为李延年所
造，然出于西域《摩诃兜勒曲》，即为北狄之马上曲。则此种声调，即
发生于当时匈奴西域可知。

雅乐与楚声、新声句调整散长短不同。中国古代文章，有一公例，

即愈至南方，其句调愈整齐简短；若至中原，即上文所谓中国，其句调即渐长短参差，与南方不相同。然其乐章句调，亦无有长至十数字以上者。北狄与西域新声，却有这种；其句调参差不齐，比中原更甚。

三大乐歌的声调，似不能代表五言乐府诗。但观《乐府诗集·相和歌辞》中之《楚调曲》，如《白头吟》、《梁甫吟》、《怨诗行》等，皆全体为五言乐府诗，既属于楚调，则楚声亦可代表；且更可证明楚声整齐简短之一例（以上采录朱希祖先生《汉三大乐歌声调辩》中语，见《清华学报》四卷二期）。又汉乐府《相和歌》中有《平调》、《清调》、《瑟调》，多五言，谓之"三调"。《新唐书·乐志》云："《平调》、《清调》、《瑟调》皆周房中曲之遗声，汉世谓之三调。又有《楚调》、《侧调》。《楚调》者，汉房中乐也。……侧调生于楚调，与前三者总谓之相和调。"照这样说，这三调可说是汉世仅存的雅乐了。但梁启超先生在《中国美文及其历史》稿中说这三调实是《清商曲》，从楚调出。（原书不在手边，不能详引其说）那么，朱先生的话便又得一助了。

郭茂倩《乐府诗集》分十二类：

一、郊庙歌辞；二、燕射歌辞；三、鼓吹曲辞；四、横吹曲辞；五、相和歌辞；六、清商曲辞；七、舞曲歌辞；八、琴曲歌辞；九、杂曲歌辞；十、近代曲辞；十一、杂歌谣辞；十二、新乐府辞。

这可以说是以音乐为主来分的。陆侃如先生以为"琴曲"不可信，"近代曲"亦即杂曲，"杂歌谣"及"新乐府"不能入乐，不是真乐府；他以为乐府只应分为下列八种：

一、郊庙歌；二、燕射歌；三、舞曲；四、鼓吹曲；五、横吹曲；六、相和歌；七、清商曲；八、杂曲。因舞曲的性质与一、二两种相近些，故陆先生将它移前了（见《乐府古辞考》）。这八种中，前三种里没有歌谣，四、六、七三种里都有，而六中最多；五的汉曲已失传，以"梁鼓曲横吹曲"例之，其中或有歌谣，也未可知。七旧说汉代没有，但梁启超先生说相和三调实为清商三调，那么，旧说就靠不住了。陆侃如先生也引古诗"清商随风发",又"欲展清商曲",以见清商之名起于汉代。但他说汉代的清商与晋宋的是否相同,却不可知;或者当时相和与清商是二而一的,到了晋宋,复于汉曲外,加了新声(《乐府古辞考》)。但无论汉代清商是否独立、里面有许多歌谣却是确凿的事实。又这八种中,鼓吹曲的音乐是从北狄输入的,横吹曲的《摩诃兜勒曲》是张骞通西域后传到西京的,所谓新声的便是。《礼乐志》中说有赵代秦楚之讴,赵代与匈奴相近,秦与西域相近,所以这种新声便输进了。(徐嘉瑞先生说,见《中古文学概论》)——黄节先生作《汉魏乐府风笺》,只录相和歌和杂曲,他以为只有这两类是风诗,也可供参考。

《宋书·乐志》说:"《鼓吹》盖《短箫铙歌》,蔡邕曰:'军乐也。……'……《长箫短箫》,《伎录》并云,'丝竹合作,执节者歌'。……列于殿庭者为《鼓吹》,今之《从行》者为《骑吹》,二曲异也。"汉曲辞存者只有铙歌十八首(原有二十二首,四首亡),"皆声辞艳相杂,不复可分。"(《宋书》语)这二十二首虽为朝廷所采用,其实多是民间文学的味儿。徐嘉瑞先生考察它们的文义,认为是北人所作。就可解及可考者而言,它们的内容不外记祥瑞、记田猎、记功、言情、苦战、思妇、燕饮、颂美诸种。

《乐志》又说:"汉旧曲也。丝竹更相和,执节者歌。"徐嘉瑞先生说:"相和类的内容,很是丰富。所采取的材料,方面也很宽广。从宫廷、帝王、后妃起,一直到兵士、走卒、旷夫、怨女,凡社会所有的事,大概都有。"(《中古文学概论》五二页)中国叙事诗甚少,相和歌中却不算少。徐先生分相和歌为七类:

一、社会类,如《箜篌引秋胡行》,《孤儿行》,《陇西行》。

二、征战类,如《饮马长城窟行》。

三、写情诗类,如《陌上桑》,《相逢行》,《艳歌行》。

四、神秘类,甲、理想的,如《王子乔》,《长歌行》,《董逃行》;乙、恐怖的,如《薤露歌》。

五、颓废类,如《西门行》,《野田黄雀行》,《满歌行》。

六、历史类，"宫廷"如《王明君》。

七、社会道德类，这是道德韵文，出于俚谚。如《猛虎行》，《君子行》。

这里所论的相和歌，是当作与清商曲二为一的。

《乐府诗集》六十一云："杂曲者，历代有之。或心志之所存，或情思之所感；或宴游欢乐之所发，或忧愁愤怨之所兴；或叙离别悲伤之怀，或言征战行役之苦；或缘于佛老，或出自夷虞，兼收并载，故总谓之杂曲。"

《杂曲》之所以为杂曲，是音乐的关系；其内容和《相和歌》大同。现存汉曲甚少。《焦仲卿妻》最著，是古代仅有的长叙事歌。

所谓汉曲，除"汉铙歌"明题为汉外，其余都指《乐府诗集》中所谓"古辞"而言。"古辞"之名，始见于沈约《宋书》，他说："凡乐章古辞今之存者，并汉世街陌歌谣，《江南可采莲》、《乌生十五子》、《白头吟》之属是也。"但此时似乎只指相和歌。到后来郭茂倩编《乐府诗集》，便把这范围扩大起来，不以相和歌为限。不过，他对于这名词的应用很是随便。你说他限于汉代的罢，后来的《西洲曲》、《长干曲》等，却也叫做古辞。你说他限于无名氏罢，班固的《灵芝歌》，却也叫做古辞。就大体看来，他大概限于汉代无名氏的作品，《西洲曲》及《灵芝歌》等可算做偶然的例外（采《乐府古辞考》中语）。梁启超先生的《中国美文及其历史》稿中说这些古辞大都是东汉的产品，因为汉哀帝废了乐府官（详下），乐府所存多应散失；东汉时文人多喜此种诗，起而摹拟之，因而保存的便多了。但班书《艺文志》著录的乐歌甚多，他是东汉初的人，可见那时这些东西还在。——可是也可说《艺文志》原据刘歆的《七略》，刘歆时这些东西还在，班固时却就难说。

《乐府诗集》二十六云："诸调曲皆有辞有声，而《大曲》又有'艳'有'趋'有'乱'。辞者，其歌诗也；声者，若'羊吾夷'、'伊那何'之类是也；艳在曲之前，趋与乱在曲之后。亦犹《吴声西曲》前有'和'后有'送'也。"这是汉乐歌的组织可考见者。同书四十三云："《宋书·乐志》曰，'《大曲》十五曲……'，其《罗敷》（即《乐府相和曲》之《陌上桑》古辞），《何尝》（即《瑟调曲》之《艳歌何尝行》辞），《夏门》（即《瑟调曲》之《步出夏门行》魏明帝辞）三曲，前有艳，后有趋；《碣石》（即《步出夏门行》魏武帝辞）一篇有艳；《白鹄》（即《艳歌何尝行》古辞），《为乐》（即《满歌行》），《王者布大化》（即《瑟调曲》之《棹歌行》魏明帝辞）三曲有趋；《白头吟》（《乐府》在《楚调曲》，古辞）有乱。……按王僧虔《伎录》，《棹歌行》在《瑟调》，《白头吟》在《楚调》，而沈约云同调，未知孰是。"

这些歌《宋书》都列入《大曲》，《乐府》却分列入《相和曲》及《瑟调曲》，真是"未知孰是"，暂不论。可注意的是：（一）艳与趋在音乐上似乎是独立的，所以可以要可以不要。如《夏门》《碣石》本是一调，一个有艳与趋，一个就只有艳。又如《为乐》，《王者布大化》只有趋而无艳（《白鹄》实有艳，见《宋书》该曲下小注，见下引），也是一例。（二）艳趋之间是本曲；有时很短，如《夏门》的本曲只有两句八个音。最可异的是《白鹄》，其辞云：

飞来双白鹄，乃从西北来。十十五五，罗列成行。（一解）

妻卒被病，行不能相随；五里一反顾，六里一徘徊。（二解）

吾欲衔汝去，口噤不能开；吾欲负汝去，毛羽何摧颓！（三解）

念与君离别，气结不能言；各各重自爱，道远归还难，妾当守空房，闭门下重关。若生当相见，亡者会黄泉。今日乐相乐，延年万岁期！"（"念与"下为趋曲，前为艳）"念与"上全是艳，别无本曲；因此本是艳歌，当然无本曲可言。这种或是通用的艳与趋，亦未可知。乐府三十九引《古今乐录》云："艳歌行非一，有直云艳歌，即艳歌行是也。若《罗敷》、《何尝》、《双鸿》、《福钟》等行，亦皆艳歌。"《双鸿》《福钟》已亡。大概这种通用的艳歌是不很少的。（三）艳可有解数而趋没有。解就是《诗经》中的章。《古今乐录》曰："伧歌以一句为一解，中国以一章为一解"——解在乐歌中是很要紧的。至于"乱",则古已有之。《鲁语》(正考父校商之名颂十二篇于周太师,以那为首,其辑之乱曰:"自古在昔,先民有作,温恭朝夕,执事有恪。")韦昭注曰:"凡作篇章,既成,撮其大要,以为乱辞。诗者歌也,所以节舞;曲终乃变章乱节,故谓之乱。"《论语类考》引许谦曰:"乱有二义:篇章既成,撮其大要为乱,是以辞言也。曲终变章乱节,是以音言也。"(见《四书·经注集证》)既云歌以节舞,自然该是以音为主。《论语·泰伯》篇也说到"《关雎》之乱"。《楚辞》中大部分也是有乱的,但那是个人之作,大约可以说是以辞为主的。至于相和歌辞的乱,今举《孤儿行》为例:

里中一何谈谈!愿欲寄尺书,将与地下父母,兄嫂难与久居!

艳、趋、乱虽有意义,其作用似乎只是乐调的关系。就其位置而言,它们都是和声。《乐府》已明言之了。

《乐府》或行于西汉,哀帝时曾加取缔,但没有用。《礼乐志》云:"河间献王有雅材,……因献所集雅乐。天子下大乐官常存肄之,岁时以备数;然不常御。常御及郊庙皆非雅声。……至成帝时,……郑声尤甚。黄门名倡丙强、景武之属,富显于世。贵戚、'五侯',定陵、富平外戚之家淫侈过度,至与人主争女乐。哀帝……即位,下诏曰:'惟世俗奢泰文巧而郑卫之音兴。……郑卫之音兴则淫僻之化流。……孔子不云乎:"放郑声,郑声淫",其罢乐府官。郊祭乐,及古兵法武乐在经非郑卫之乐者,条奏,别属他官。'"当时丞相孔光大司空何武奏覆,把"乐府"中八百二十九人之中,裁去了四百四十一人。《汉书》记此事,接着说:"然百姓渐渍日久,又不制雅乐有以相变,豪富吏民湛沔自若。"这可见当时俗乐民歌势力之大了。

南北朝乐歌中的歌谣　《乐府诗集》中《梁横吹曲》,《清商曲》及《杂曲》中,都有南北朝的歌谣,它们都是乐歌。《清商曲》中,歌谣最多。《乐府诗集》四十四云："《清商乐》一曰《清乐》。《清乐》者，九代之遗声，其始即相和三调是也，并汉魏以来旧曲，其辞皆古调及魏三祖所作。自晋朝播迁，其音分散。苻坚灭凉，得之，传于前后二秦。及宋武定关中，因而入南，不复存于内地。自是以后，南朝文物号为最盛，民谣国俗，亦世有新声。……后魏孝文讨淮汉，宣武定寿春，收其声伎，得江左所传中原旧曲——《明君》、《圣主》、《公莫》、《白鸠》之属——及江南《吴歌》、荆楚《西声》，总谓之《清商乐》。至于殿庭飨宴，则兼奏之。……大业中，炀帝乃定《清乐》《西凉》等为九部。而《清乐》歌曲有《杨伴》，舞曲有《明君》，并契，乐器有钟、磬、琴、瑟、击琴、琵琶、箜篌、筑筝、节鼓、笙、笛、箫、篪埙等十五种，为一部。……"

陆侃如先生说"清商"之名，起于汉代（证见前），但是否与晋宋的《清商》相同，则不可知。或者在汉代《相和》与《清商》是二而一的；到晋宋，复于汉曲外，加了新声（看《乐府古辞考》一三二页）。照这里所说，《清商曲》共分舞曲、吴歌、西曲三种。但郭氏编录时，将舞曲除去了，重分为吴声歌、神弦歌、西曲歌三种，又附以梁《雅歌》。末一种与歌谣无关，其馀三种里歌谣甚多，而《吴声歌》中尤多，——《舞曲》中也有南北朝歌谣，但极少。

一、吴声歌曲

《乐府诗集》四十四云："《晋书·乐志》曰：'《吴歌》杂曲，并出江南。东晋以来，稍有增广。其始皆徒歌、既而被之弦管。'盖自永嘉渡江之后，下及梁陈，成都建业，《吴声歌曲》，起于此也。《古今乐录》曰，'《吴声歌》旧器，有篪、箜篌、琵琶，今有笙筝。……'"据此，《吴声歌曲》的产生地，就是建业——现在的南京。建业是三国时孙吴的国都，大约从两汉以来，《禹贡》所说的扬州，渐渐地成为富庶之区。那时大江南北重要的都市，只有广陵（扬州）与吴（苏州）。枚乘的《七发》说："将以八月之望，观涛乎广陵之曲江"；西汉的扬州已成为中外互市之所，枚乘将观涛于此，可以想见其繁盛。《史记·货殖传》说："彭城以东，东海、吴、广陵，此东楚也，其俗类徐僮；呴僧以北，俗则齐；浙江南则越。夫吴自阖闾、春申、王濞三人，招致天下之喜游子弟，东有海盐之饶，章山之铜，三江五湖之利，亦江东一都会也。"我们晓得苏州人文之盛，是有很长的历史。而且《货殖传》说："吴、广陵，……其俗类徐僮。"徐僮就是西汉的淮南。西汉的文学，以淮南为最盛，那么西汉时，吴、广陵的环境，已有产生优美的文学之可能了。到了吴大帝建都于建业以后，大江南北的重心，又由吴、广陵移到建业。在那时大约已经有一种吴歌的文学了。

《世说新语》云："晋武帝问孙皓，'闻南人好作尔汝歌，颇能为不？'皓正饮酒，因举觞劝帝，歌云：'昔与汝为邻，今与汝为臣。上汝一杯酒，令汝寿万春。'帝悔之。"此歌格调与《吴声歌曲》无别。同时吴人入洛，吴歌也就随之流入中原。《懊侬歌》有一首说："丝布涩难缝，令侬十指穿；黄牛细犊车，游戏出孟津。"这全是《吴声歌曲》的格调。（"丝布涩难缝"谐"思夫实难逢"，所谓谐音词格，是《吴歌》的特色。）《乐府诗集》将这首歌列于《吴声歌曲》，是不错的。但是歌中所说游戏的地方是在中原的孟津。《古今乐录》说："《懊侬歌》者，晋石崇绿珠所作，唯'丝布涩难缝'一曲而已。"石崇是西晋人，绿珠是石崇的妾，他们是住在洛阳最著名的金谷园，这首歌是石崇绿珠所作，大约不错。我们由此可以看出东晋以前吴歌的一斑了（此说本于近人刘大白的《中国文学史》）。后来晋室东迁，中原在北方低等文化的民族支配之下，从前的世家旧族，也都跟着跑到南方来了。建业本来离开南方文化策源地的吴广陵不远，现在又加入中原旧有的文化。这两种文化结合以后，于是乎就产生了这一种盛极一时的《吴声歌曲》。而那时南北两朝已渐由纷争时代而入于割据的小康时代。扬州及长江一带商业的繁盛，与江南生产的丰富，又为促进《吴声歌曲》发达的另一原因。《吴声歌曲》留传到现在的，有四百多首。后来无论那个朝代的方俗歌谣，——除去现代的——都没有这样丰富（以上采录徐中舒先生《六朝恋歌》文中语）。

《吴声歌》差不多全是写爱情的恋歌。写男女间哀苦怨旷之情，淋漓尽致都是真实的爱情的表现。大抵相思离别之词为多。《子夜歌》最著名，也最多。《大子夜歌》云：

> 歌谣数百种，《子夜》最可怜；慷慨吐清音，明转出天然。
>
> 丝竹发歌响，假器扬清音；不知歌谣妙，声势出口心。

《白话文学史》说："这不但是《子夜歌》的总评，也可算是南方新民族儿女文学的总引子。""南方民族的文学的特别色彩是恋爱，是缠绵宛转的恋爱。"（均见一〇九页）但"缠绵宛转"尚不足以尽之。我们应加上"哀怨"两字，方能说尽这种歌谣声情和的解。《乐府诗集》四十四说（与前节所引文相接，可参看）："（《清商乐》）遭梁陈亡乱，存者盖寡。及隋平陈，得之。文帝善其节奏，曰，'此华夏正声也。'乃微更损益，去其哀怨，考而补之，以新定律吕，更造乐器。""去其哀怨"正是说这种歌谣太哀怨了。又《古今乐录》曰，"《上声歌》者，此因上声促柱得名。……谓哀思之音，不及中和。""《欢闻变歌》者，晋穆帝……崩，褚太后哭'阿子汝闲不。'声既凄苦，因以名之。"《宋书·乐志》曰，"《督护歌》者，彭城内史徐逵之为鲁轨所杀，宋高祖使府内直督护丁旿收殓殡埋之。逵之妻，高祖长女也，呼旿至阁下，自问殓送之事。每问辄叹息曰：'丁督护！'其声哀切。后人因其声，广其曲焉。"《唐书·乐志》也说《子夜歌》"声过哀苦"（第二章已引）。这些均可为证。《子夜歌》中有《子夜四时歌》七十五首，疑即近世《四季相思》调所从出。又据《乐府诗集》所载，这些歌大抵盛于梁以前，梁以后似乎渐衰了。

《吴歌》有所谓"送声"。《乐府诗集》四十五《子夜变歌》下引《古今乐录》曰："《子夜变歌》，前作'持子'送，后作'欢娱我'送。《子夜警歌》无送声，仍作变，故呼为'变头'，谓'六变'之首也。"送声是或有或无的，性质或与艳、趋仿佛，疑也是和声之一种——变是指曲调之变而言。

　　《吴声歌曲》的特色是徐中舒先生所谓"谐音词格"。谐音词格是隐语的一种。（以下采录徐先生语）我国文字属于单音系，一个字只有一个音，所以同音的文字非常的多。因为音同义异的缘故，平常谈话中间，就往往引起人家的误会。此种困难，实是中国文字的缺点。但是在修辞学中，有时也能利用这种同音异义的文字，构成双关的谐音词格。谐音词格的妙处，就是言在此而意在彼。这一类的修辞，在诗人的作品里很不多见，而民间的口语里，或方俗文学里，则非常的多。至于《吴声歌》里，尤为丰富。最常用的是"芙蓉莲藕"和"蚕丝布匹"两类：以芙蓉为夫容，莲为怜，藕为偶，丝为思，布为夫（古无轻唇音，夫在邦母，故与布同声），匹为匹配。如《子夜歌》云：

　　　　高山种芙蓉，复经黄蘗坞；果得一莲时，流离婴辛苦。

黄蘗是影射苦的。又读《曲歌》云：

　　　　思欢久，不爱独枝莲，只惜同心藕。

这是第一类的例。《子夜歌》云：

　　　　始欲识郎时，两心望如一；理丝入残机，何悟不成匹！

《七月夜女歌》云：

　　　　婉娈不终夕，一别周年期；桑蚕不作茧，昼夜长悬丝。

至以布为夫，则仅见于石崇绿珠的"丝布涩难缝"一曲中。曲曰：

> 丝布涩难缝，令侬十指穿。黄牛细犊车，游戏出孟津。
> （《懊侬歌》之一）

这是中原歌诗受了谐音词格的影响。又《洛阳伽蓝记》云："洛阳城南正觉寺，尚书令王肃所立也，肃在江南娶谢氏女。及至京师，复尚公主。其后谢氏为尼来奔，作诗赠肃云：

> 本为箔上蚕，今作机上丝。得路逐胜去，颇意缠绵时。

公主林代肃赠谢云：

> 针是贯绵物，目中恒任丝。得帛缝新去，何能纳故时！

肃闻甚恨，遂造正觉寺以憩之。"这明是江南谐音词格流入北方之证。北方之有谐音词格，可以说全由江南流入。除上述之外，别无所见。

　　除上述两种外，还有以藩篱为分离，以荻为敌，以黄蘗为苦。又以方局影射博字，再以博谐薄音，以棋谐期音，博子就指薄情的人——帘薄厚薄的薄，也同此例。这些《西曲》里也都有。至于以题碑为啼悲，以油为由，以箭为见，以梧子为吾子，以髻为计，以星为心，以琴为情，以药为约，以关闭之关为关连之关，皆是《吴歌》里独有的。《吴歌》中谐音词格之丰富，于此可见。

　　谐声词格所用以谐声之字，大抵眼前事物之名，而物名尤多，因为较具体。诸歌既以恋情为主，又多用女子口吻，其所取材自应以有关女子者为众。"芙蓉莲藕"及"蚕丝布匹"两类所以盛行，便是为此。纺织为女子本业，后者之盛，理固易明。前者却须稍稍解释。原来采莲之俗，自古即有（《汉乐府》江南似即咏此事），南朝为盛。采莲的是女子，以采得多为好，往往日暮方归。采莲的人很多，看热闹的男女也很多。采莲的工夫既长，所以可以在船中饮宴为乐。少年男女借此机会，也可通情款。梁简文帝《采莲赋》云："荷稠刺密，亚牵衣而绾裳；人喧水溅，惜亏朱而坏妆。"梁元帝《采莲赋》云："于时妖童媛女，荡舟心许。鹢首徐回，兼传羽杯。"梁朱起《采莲曲》云："湖里人无限，何日满船时（指莲）？"吴均《采莲曲》云："日暮凫舟满，归来渡锦城。"隋殷英童《采莲曲》云："荡舟无数伴、解缆自相催。"这些都是证据。可见采莲是一个热闹的风俗，而不是少数人的偶然高兴。这就容易了解"芙蓉莲藕"一类谐声词格之所以盛行了。

《神弦歌》十一曲，十七首，乐府也列入《吴声歌》。陆侃如先生说这些是南朝民间的祭歌，与《吴声歌》及《西曲》不类，他将它们移附在《郊庙歌》之后（《乐府古辞考》二六页）。这种伦理的多类问题，我们暂可不论；以声调及内容（不论用处）而论，这些自然以附于《吴声歌》为宜。这十曲都是描写神的生活。（以下采录《中古文学概论》中语）我们从中可以看见吴越人民理想反映，共有两种：

（一）现实的　他们理想中的神，都没有恐怖和禁欲的色彩。大都是绿鬓红颜，及时行乐、和人间的男女一样。如《同生曲》之一云：

人生不满百，常抱千岁忧。早知人命促，秉烛夜行游。

这是将古诗减缩改变而成。

（二）女性的　南方人民的神的理想，可分为男女两性。但是男性的神，多半是"女性化"，也就是人生的"醇美化"。如《白石郎曲》之二云：

积石如玉，列松如翠。郎艳独绝，世无其二。

（三）中国文学上的神秘思想，多产在南方。中古文学里又有吴越文学

里的《神弦歌》。可见南方人的神秘思想，较北方人强，而神的理想，比北方人高。（原有四项，第三项从略）

二、《西曲歌》

《乐府诗集》四十七云："《西曲歌》出于荆郢樊邓之间，而其声节送和，与《吴歌》亦异，故其方俗（而）谓之西曲云。"徐中舒先生说，《西曲歌》中有"问君可怜六萌车，迎取窈窕西娘曲"，与"杨叛西随曲"的话，可证西曲是方俗名称。（见《六朝恋歌》）《古今乐录》云："《西曲歌》有……三十四曲，《石城乐》（等十六曲）并舞曲。《青阳度》（等十五曲）并倚歌。《孟珠翳乐》（中）亦（有）倚歌。"又云："凡倚歌，悉用铃鼓，无弦，有吹。"舞曲、倚歌之外，尚有数曲，不能归类（如月节折杨柳类）。舞曲应如陆侃如先生之说，移如舞曲中。但为叙述之便利，仍先在此并论。（以下采录徐中舒先生语）我们晓得方俗文学的产生，必有一种生活安定、物质优裕的社会，为它必要的条件。《西曲》当然也不能在此例外。《旧唐书·乐志》说："宋梁世荆雍（《通典》曰，'雍州，襄阳也'）为南方重镇，皆皇子为之牧。江左解咏，莫不称之，以为乐土。故隋王诞作《襄阳之歌》，齐武帝追忆樊邓，梁简文《乐府歌》云：'分手桃林岸，送别岘山头；若欲寄音信，汉水向东流。'又曰："宜城投（原注音豆）酒今行熟，停鞍系马暂栖宿。'桃林在汉水上，宜城在荆州北。"我们要推求出六朝时荆郢樊邓所以成为乐土的缘故，我们就可以说明《西曲》的特点。简单的讲，荆郢樊邓所以成为乐土者，最大的原因，是由于商业繁盛的结果。因为商业繁盛的结果，于是《西曲》差不多就完全成为商业化。我们看《西曲歌》的《石城乐》、《乌夜啼》、《莫愁乐》、《估客乐》、《襄阳乐》、《三洲歌》、《那呵滩》、《浔阳乐》，差不多都是描写商人的恋爱。都是由商人的生活中，写出他们的恋情。《古今乐录》记齐武帝创《估客乐》的动机说："帝布衣时，尝游樊邓。登祚以后，追忆往事而作歌。"我们从这个简短的记事中，就可以晓得樊邓往事，足以使人追忆者，也不过是估客之乐而已。江汉之间，舟行通畅，这些估客，也就随波逐利，轻易离别。于是所到的地方，扬州、江陵、巴陵、浔阳、襄阳、石城……都成就了他们的歌咏。

扬州在唐以前的地位，与现在的上海相等。《唐书·李袭誉传》说："扬州江吴大都会，俗喜商贾。"《资治通鉴》唐昭宗景福元年条下说："扬州富庶甲天下，时人称扬一益二。"怎么叫作"扬一益二"？宋洪迈《容斋初笔》解释说："唐世盐铁转运使在扬州，尽干利权，判官多至数十人，商贾如织，故谚称'扬一益二'；谓天下之盛，扬为一而蜀次之也。"大概扬州的形势，在唐以前，南临江而东近海，与现在大有不同。李颀的诗还说："扬州郭里见潮生。"又李绅《入扬州郭诗序》说："潮水旧通扬州郭内，大历以后，潮信不通。"这可证中唐以后，岸移海远，为后此扬州衰落原因之一。唐以前的扬州，因为距江岸海岸甚近，海舶出入极便，所以"蕃客麇集，教徒沓来，波斯胡贾往往而有。"（梁任公先生语）那时的对外贸易，除广州外，扬州要算是最殷盛了。因为对外贸易的殷盛，就引起了对内贸易的激增。于是金陵以西——江陵、巴陵、浔阳、襄阳、石城这些地方——的贾客，都竞趋于扬州之下。张籍的诗说："金陵向西贾客多，船中生长乐风波。"我们根据了前面所列的诗，可以证明唐以前商业的情形确是如此。

《西曲》虽然经过了商业化，而《西曲》中描写男女间的恋情，并不因此减色。而且因为两首歌曲在《西曲》与《吴声歌曲》里面都可见到（《吴歌》的《黄鹄曲》即《西曲》的《襄阳乐》；《吴歌》的《懊侬歌》即《西曲》的《乌夜啼》）。又《吴歌》里有一首《江陵女歌》，唐李康成说，"《黄竹子歌》、《江陵女歌》，皆今时吴歌也。"也足以看出《西曲》与《吴歌》的关系。

《西曲》中很好的恋歌，可以说大部分是受了《吴歌》的影响。《西曲》与《吴歌》本来都同属华音。施肩吾的《古曲》说："可怜江北女，惯歌江南曲；摇落木兰舟，双凫不成浴。"双凫是引用《吴声歌曲·阿子歌》，所以我们晓得施肩吾诗中江南曲，是指《吴声歌曲》

的。又梁武帝《江南弄》和辞说："江南音，一唱值千金。"《杨叛儿曲》说："南音多有会，偏重叛儿曲。"据《古今乐录》说："梁武改《西曲》，制《江南上云乐》十四曲，《江南弄》七曲。"《杨叛儿》也是《西曲》之一，所以我们又晓得梁武帝诗中的"江南音"、"南音"，是指《西曲》的。江南曲、江南音、南音，这三个名字，虽然不同，而都是与《北歌》对立的名称，也可以当作《西曲》与《吴歌》的通称。所以有时可以指《吴歌》，有时也可以指《西曲》。我们若从民族、地理、交通，以及歌曲的内容等等方面来观察，也觉得《西曲》《吴歌》没有什么分别。但两者究非全然相同。《西曲》完全带了浓厚的商业化的色彩。纵有一部分歌曲，受了《吴歌》的影响，写来也很缠绵悱恻；但是他们描写的恋情，总难脱去商人的心理。《西曲》歌中常存娼女的歌词，便是这个关系了。《吴歌》中绝对的没有这种心理。

《西曲》中以宋齐之作为多，梁作较少。其中月节折杨柳歌，分十二月述情，并加一闰月，疑为近世十二月《唱春》一类小调所从出。《西曲》中的舞曲有和声或曰"歌和"。如"《石城乐和》中（复）有'忘愁'声"，"《襄阳乐歌》和中有'襄阳夜来乐'之语"；《三洲歌》歌和云："三洲断江口，水从窈窕河，傍流欢将乐，共来长相思。"《襄阳蹋铜蹄》和云："襄阳白铜蹄"，都是。倚歌无明文。其他为《杨叛儿》送声云："叛儿，教侬不复相思！"《西乌夜飞歌》和云："白日落西山，还去来！"还声云："折翅鸟，飞何处，被弹归？"（均见《乐府》四十八，四十九）后来梁武帝改《西曲》，制《江南上云乐》十四曲，除二曲外皆有和声，大概是依仿舞曲的。（《乐府五十》）

《西曲》中独有的谐音词格是以风流波水为风流的谐音。这正是商人生活的本地风光，如：

送欢板桥湾，相待三山头；遥见千幅帆，知是逐风流。

（《三洲歌》）

　　　送郎乘艇子，不作遭风虑；横篙掷去桨，愿倒逐流去。
（《杨叛儿》）

　　　适闻梅作花，花落已成子。杜鹃绕林啼，思从心下起。
（《孟珠》之一）

　　徐嘉瑞先生说梅是媒字的谐音，若是的，这也是《西曲》所独有的。

　　三、《北歌》

　　南北朝时，中原沦入异族，而鲜卑人统治的局面，维持得最久。在文化方面，鲜卑人虽为汉人所征服，而汉人的文化中，也不免要羼入鲜卑人的气息。《北歌》就在这种条件之下产生。《旧唐书·音乐志》说："魏乐府始有《北歌》，即《魏史》所谓《真人代歌》是也。代歌时命掖庭宫女，晨夕歌之。周隋世与西凉乐杂奏。今存者五十三章，其名且可解者六章：《慕容可汗》，《吐谷浑》，《部落稽》，《巨鹿公主》，《白净王太子》，《企喻》也。其不可解者，咸多'可汗'之辞，此即后魏世所谓《簸逻回》者是也。其曲亦多'可汗'之辞。北虏之俗呼主为'可汗'，吐谷浑又慕容之别种，知此歌是燕魏之际鲜卑歌。歌音辞虏，竟不可晓。梁有《巨鹿公主》歌辞，似是姚苌时歌辞华音，与《北歌》不同。梁乐府鼓吹又有《大白净王太子》、《少白净王太子》、《企喻》等曲，隋《鼓吹》有《白净王太子曲》，与《北歌》校之，其音皆异。"这一段说《北歌》的由来，及《北歌》与华音（即《西曲》、《吴声歌曲》）不同的地方，都很明白。我们看《唐书》所说的五十三章《北歌》，仅有六章可解。而这六章的名字，如慕容可汗、吐谷浑、部落稽，都是译音，其不可解的又多"可汗"之辞（《唐书》说的《簸逻回》，当是鲜卑乐的译名）。我们由此可以晓得这些《北歌》都是用汉字翻译鲜卑的方音。这是初期入中原的《北歌》，其音不可晓，其义也不可解。这一类歌无从讨论。（以上《六朝恋歌》文）

《唐书》所谓《北歌》，全是虏音。梁《横吹曲》中各歌，《唐书》以为是华音，与《北歌》异。我们则以为梁《横吹曲》中各歌，虽与《北歌》音异，而实系北方作品，有地名人名可证明是受初期《北歌》影响而作的歌。其中大约有汉人作的，也有鲜卑人用汉语作的。现在自然不能一一指认，但《折杨柳歌辞》之一云：

遥看孟津河，杨柳郁婆娑。我是虏家儿，不解汉儿歌。

这明是鲜卑人所作。鲜卑是富有文学天才的民族，他们要的是激扬亢爽的歌；对于缠绵宛转的南方儿女文学，自然不以为然。所以说"不解汉儿歌"。这首歌不但证明鲜卑人用汉语作歌这件事，并且暗示南北新民族文学的不同。这类受初期北歌影响的，北方新民族的歌，究与华音有异，我们仍称为《北歌》为是。郭茂倩据《古今乐录》，将这些歌编入梁《鼓角横吹曲》中。《古今乐录》是陈释智匠所作，去梁不远，不应有误。也许当时《北歌》盛行于南方，故梁采为横吹曲。

那时北方的平民文学的特别色彩是英雄，是慷慨洒落的英雄。如《琅琊王歌辞》云：

新贯五尺刀，悬着中梁柱，一日三摩娑，剧于十五女。

这首歌足够表现一个英雄，并可鲜明地看南北文学之相异。此外《木兰歌》之写女英雄，更是古今有一无二之作。《北歌》中除写英雄气概外，又多写作客之苦，但写得很悲壮，没有南方愁苦的调子。如《陇头歌解》云：

陇头流水，流离山下。念吾一身，飘然旷野！

《北歌》写儿女的心事，也有一种朴实爽快的神气，不像江南儿女那样扭扭捏捏的。如《折杨柳枝歌》云：

> 门前一株枣，岁岁不知老。阿婆不嫁女，那得孙儿抱。
>
> 问女何所思，问女何所忆。阿婆许嫁女，今年无消息。

这种天真烂漫的神气，确是鲜卑民族文学的特色。此外尚有以社会及历史为题材的，甚少，兹不论。

《北歌》中何以说没有谐音词格。我们看施肩吾的《古曲》说：

> 可怜江北女，惯歌江南曲；采落木兰舟，双凫不成浴。

江南曲凫夫声同，浴欲声同，江北女不懂这种谐音词格，所以弄得"双飞之夫，不成其欲"。但因《吴歌》的盛行，《北歌》也不免受点影响，所以北齐的童谣有一首说：

> 千金买果园，中有芙蓉树；破家不分别，莲子随它去。

北方歌词用谐音词格者，除前引者及此首外，别无所见。

四、舞曲

舞曲分雅舞杂舞两种。其与歌谣有关者为杂舞。《乐府》五十三云："杂舞者，《公莫》、《巴渝》、《槃舞》、《鞞舞》、《铎舞》、《拂舞》、《白纻》之类是也。始皆出自方俗，后浸陈于殿庭。盖自周有《缦乐散乐》，秦汉因之增广。宴会所奏，率非雅舞。汉魏以后，并以《鞞》《铎》《巾》《拂》四舞用之宴飨。"因为这些舞"始皆出自方俗"，所以就与歌谣有关，兹分别论之。

《唐书·乐志》曰："《公莫舞》，晋宋谓之《巾舞》。"《古今乐录》曰，"《巾舞》古有歌辞，讹异不可解，江左以来，有歌无辞。"就古辞中可解者测之，颇似相思之辞，疑犹存民间本来面目。

《晋书·乐志》云："汉高祖自蜀汉将定三秦，阆中范因率賨人以从帝，为前锋。号板楯蛮，勇而善斗。封因为阆中侯，复賨之七姓。其俗喜歌舞。高帝乐其猛锐，数观其舞。……后使乐人习之。阆中有渝水。因其所居，故曰《巴渝舞》。"古辞已亡，但可知其为巴渝民间之武舞。

《乐府诗集》五十六引《宋书·乐志》曰："《鞞舞》，《汉曲》也。张衡《舞赋》云，'历七槃而纵蹑'；王粲《七释》云，'七槃陈于广庭'；颜延之云，'递间关于槃扇'；鲍照云，'七槃起长袖'，皆以七槃为舞也。"《搜神记》云，"晋太康中，天下为《晋世宁舞》，抑手以接杯槃而反覆之。"此则汉世唯有槃舞，而晋加之以杯反覆也。

此曲古辞亡，就《晋宁曲论》，所言为颂太平、述宴乐、记舞容等。

《宋书·乐志》曰，"《鞞舞》未详所起，然汉代已施于燕飨矣。傅毅张衡所赋，皆其事也。"鞞亦作鼙，鞞扇是舞时所用的器，古辞已亡。就曹植拟作，除颂祝外，更罗列史事，加以赞叹。所举大抵孝亲为国为亲报仇，救亲之难等。

《唐书·乐志》曰，"《铎舞》，汉曲也。"《古今乐录》曰，"铎，舞者所持也。"古辞有《取王人制礼乐》一篇，声辞杂写，不复可辨。

《晋书·乐志》云："《拂舞》出自江左，旧云吴舞也。晋曲五篇，一曰《白鸠》，二曰《济济》，三曰《独禄》，四曰《碣石》，五曰《淮南王》。"《乐府解题》曰："读其辞，除《白鸠》一曲，余并非《吴歌》，未知所起也。"《碣石》篇为魏武帝辞，其歌盖以咏志，当系只用旧曲。余四曲辞意颇杂，不甚联属，大抵叙宴乐、离别及祝颂、讽刺之辞。

《宋书·乐志》云，又有《白纻舞》。按舞辞有巾袍之言。纻本吴地所出，宜是吴舞也。《乐府解题》云，"古辞盛称舞者之美，宜及芳时为乐。其誉《白纻》曰：'质如轻云色如银，制以为袍余作巾，袍以光躯巾拂尘。'歌辞述舞容、宴乐及人生无常之旨。"郑樵《通志乐略》云："《白纻歌》有《白纻舞》，《白鸤歌》有《白鸤舞》，并吴人之歌舞也。吴地出纻，又江乡水国自多鸤鹜，故兴其所见以寓意焉。始则田野之作，后乃大乐氏用焉。其音出入《清商调》，故《清商》七曲有《子夜》者，即《白纻》也。在吴歌为《白纻》，在雅歌为《子夜》。梁武令沈约更制其辞焉。"又云："右《白纻》与《子夜》，一曲也。在吴为《白纻》，在晋为《子夜》。故梁武本《白纻》而为《子夜四时歌》。后之为此歌者，曰《白纻》，则一曲；曰《子夜》，则四曲。今取《白纻》于《白纻》，取四时歌于《子夜》，其实一也。"此说与《乐府诗集》颇不同，《白纻》七言，《子夜》五言，二者声调，或有相同的地方，但说即是一曲，尚属可疑。又《唐书·乐志》云："今沈约改其词为《四时白纻歌》，亦似与《子夜四时歌》异。《西曲舞歌》已述于前。各曲旧舞者皆为十六人。梁多改为八人。"

至于诸舞曲的用法，除已分述的外，尚有二事。一是梁陈之世于《鞞舞》前作《巴渝弄》，二是《巾舞》以《白纻送》。这是二舞曲的合奏的办法，略当乐府中的艳与趋。又《白纻》有歌和声，是《行白纻》一语。至《西曲》歌和，已见上，不赘。

五、杂曲

吴有《东飞伯劳歌》、《西洲曲》、《长干行》三篇。《东飞伯劳歌》七言，言少女过时不嫁之情；《西洲曲》五言，为相思之辞，每章用接字法蝉联而下。《长干行》殆与《吴歌》相似。这三篇都是言情之作。

山歌 此处所谓山歌，是指其狭义而言，七言四句是它的基本形式。就这种体制而论，山歌之起源，不能早于唐代。因为"唐以绝句为乐府"。"开元天宝以来，宫掖所传，梨园子弟所歌，旗亭所唱，边将所进，率当时名士所为绝句。"（王士祯语）而七绝尤盛行。我们现在所知道的最早的山歌是《竹枝词》，发见的时候，已在中唐，其受七绝的影响，似乎是显然的。但第二章中所引刘三妹传说，说刘三妹是始造歌者，而她是唐中宗时人。那么，山歌之起是在初唐了。但此系传说，未可尽信；但由此可知传说所说山歌起于唐代，与我们所知，有相合处。至山歌之名，亦似中唐才有。李益诗云，"无奈孤舟夕，山歌闻《竹枝》"；白居易《琵琶行》云，"岂无山歌与村笛，呕哑嘲哳难为听。"这里的"山歌"二字，大概都指的是《竹枝词》。

一、《竹枝词》

刘禹锡《竹枝词》引云："四方之歌，异音而同乐。岁正月（未详何年，待检），余来建平（今四川巫山）。里中儿联歌《竹枝》，吹短笛击鼓以赴节。歌者扬袂睢舞，以曲多为贤。聆其音，中黄钟之羽。其卒章激讦如吴声。虽伦仱不可分，而含思宛转，有淇澳之艳。昔屈原居沅湘间，其民迎神，词多鄙陋。乃为作九歌，到于今荆楚鼓舞之。故余亦作《竹枝词》九篇，俾善歌者飏之。附于末。后之聆巴歈，知变风之自焉。"由这一段引言里，我们知道《竹枝词》的产生地是四川。歌时有许多人，故曰"联歌"；这像是新年的一种娱乐。歌有乐器，有舞容，与后之山歌仅为徒歌者不同。"以曲多为贤"，是指竞歌，后世称为"歌试"。声调不甚高，其卒章如吴声。内容则以言情为主。刘所自作，则述风物及方俗、人情，或为原歌内容的另一部分，或由刘另行取材，均不可知。刘后又有《竹枝》二首，其一云：

> 杨柳青青江水平，闻郎江上唱歌声。东边日出西边雨，道
> 是无晴还有晴。

以晴影情，正是谐音词格，巴渝本与《西曲》盛行的荆郢樊邓等处相近。疑《竹枝》颇受《西曲》或《吴歌》的影响。以内容、声调及谐音词格言之，皆有似处。而顾况《竹枝词》有云：

> 巴人夜唱竹枝后，肠断晓猿声渐稀。

白居易也有《竹枝词》四首，兹录三首如下：

瞿塘峡口冷烟低，白帝城头日尚西，唱到《竹枝》声咽处，寒猿晴鸟一时啼。

《竹枝》苦怨怨何人？夜间山空歇又闻。蛮儿巴女齐声唱，愁杀江楼病使君。

江畔谁人唱《竹枝》？前声断咽后声迟。怪来调苦缘词苦，多是通州司马诗。（刘禹锡？）

以上都说竹枝音之哀苦，幽抑曼长，正所以助其哀苦之情。至于夜中月下，也只是加一倍写悲苦罢了。但两家诗里皆以猿声相比。《水经注·江水》篇记三峡有云："每至晴初霜旦，林寒涧肃，常有高猿长啸，属引凄异，空谷传响，哀转久绝。故渔者歌曰：'巴东三峡巫峡长，猿鸣三声泪沾裳。'"所谓"凄异""哀转"也正是曼长哀苦之意。上文曾说《吴歌》声调的特色是哀苦，《竹枝》也是如此，其受影响，显然可见。《竹枝》也可徒歌，前引李益诗及白居易诗可证。又刘禹锡诗云，"几人连蹋竹歌还"，"竹歌"当即《竹枝》。至于《竹枝》称山歌，理甚易明，因巴蜀多山，故以为名。又刘作据《全唐诗》云，"武陵谿洞间悉歌之"，那么，也成为歌谣了。（参看白居易《竹枝词》）

《竹枝》的唱法，可考者，是《花间集》中所载荆南孙光宪的《竹枝》二首，其一云：

门前流水（竹枝）白苹花（女儿），
岸上无人（竹枝）小艇斜（女儿）。
商女经过（竹枝）江欲暮（女儿），
散抛残食（竹枝）饲神鸦（女儿）。

万树《词律》载此，说"所用竹枝、女儿，乃歌时群相随和之声。"杜文澜云，刘禹锡"《竹枝》新词九章，原无和声。后皇甫松、孙光宪作此，始有竹枝、女儿为随和之声。枝，儿叶。"杜说未必是；或者有和声而未记出，亦未可知。《竹枝》受《吴歌》《西曲》影响，那两种都有送声或和声；《竹枝》之有和声，自在意中。日人盐谷温并加一解说，"竹枝"大概是歌者执以节歌的。（《中国文学概论讲话》译本一五一页）此语亦可解释《竹枝词》得名之由，但苦无佐证。

《词律》云，"《竹枝》之音，起于巴蜀唐人所作，皆言蜀中风景。后人因效其体，于各地为之。"这时《竹枝》已成了一种叙述风土的诗体了。《竹枝》同时，有《杨柳枝》，是白居易翻旧曲、作新词（据王灼《碧鸡漫志》），大概受了刘禹锡的影响。后人便沿作《杨枝词》或《柳枝词》。南宋叶适更仿《竹枝词》作《橘枝词》，清顾涑园作《桃枝词》，近有人作《桂枝词》、《松枝词》，又有人纪日本风俗作《樱枝词》，皆是模仿《竹枝词》的。（据胡怀琛先生《中国民歌研究》五五页）

二、五代至宋的《吴歌》

释文莹《湘山野录》云："开平元年，梁太祖即位，封钱武肃镠为吴越王。……改其乡临安县为临安衣锦军。是年，……为牛酒，大陈乡饮。……镠起执爵于席，自唱《还乡歌》以娱宾，曰：

> 三节还乡兮挂锦衣，吴越一王兮驷马归，临安道上列旌旗，碧天明明爱日辉。父老远近来相随，家山乡眷兮会时稀，斗牛光起兮天无欺。

时父老虽闻歌进酒，都不知晓。武肃亦觉其欢意不甚浃洽，再酌酒高揭吴音唱山歌以见意，词曰：

你辈见侬底欢喜？别是一般滋味子，永在我侬心子里！

歌阕，合声赓赞，叫笑振席，欢感闾里。今山民尚有能歌者。"袁褧《枫窗小牍》也记此事。末云，"至今狂童游女，借为奔期问答之歌，呼其宴处为欢喜地。"文莹是北宋人，袁褧是南宋人。可见这歌直到南宋还流行，而且已成为情歌了。大概钱镠作此歌，也是模仿当时民间的山歌，所以本来就很有情歌的味儿。这虽是个人的歌，但因为可以从它知道当时及宋世山歌的大概情形，所以详述于此。歌系七言三句，与山歌一般形式略异。

宋人话本有《冯玉梅团圆》一种，其中引吴歌云：

> 月子弯弯照几州，几家欢乐几家愁；几家夫妇同罗帐，几家飘零在它州。

并称"此歌出自我宋建炎（高宗）年间，述民间离乱之苦。"钟敬文先生说这是当时对山歌的前半章——即发问者的唱词。若是的，这便是现存的最早的对山歌了。但以现在的对山歌论，发问的歌词，都是平列的四句，一句一事，各不相涉。这里的四句，意思却是连贯的。究竟是否真如钟先生所说，还待研究。

三、粤歌

粤俗好歌，而称粤歌者也最多。明清之际的屈大均、王士禛，以及后来的李调元、梁绍壬、黄遵宪诸人皆述及粤歌，加以赞赏。左天锡先生在《校点粤风后记》一文里说，唱歌是粤人的一种特殊的嗜好，或者竟可以说是一种特别的需要（见《南国日刊》一），这是不错的。粤歌的创始人，相传是刘三妹，已见前章。又有人说是"始自榜人之女"（详下引），这与《子夜歌》的起源颇似。论粤歌者，以《广东新语》为详，兹手头无此书，暂引《粤东笔记》，这大部分是从《广东新语》转录的。

粤俗好歌。凡有吉庆，必唱歌以欢乐；以不露题中一字，语多双关，而中有挂折者为佳。挂折者，挂一人名于中，字相连而意不相连者也。其歌也，辞不必全雅，平仄不必全叶，以俚言土语衬之。唱一句，或延半刻，曼节长声，自回自复，不欲一往而尽；辞必极其艳，情必极其至，使人喜悦悲酸而不能已已。此其为善之大端也，故尝有歌试，以第高下，高者受上赏，号"歌伯"。其娶妇而亲迎者，婚必多求数人，与己貌年相若而才思敏慧者，为伴郎；女家索拦门诗歌，婚或捉笔为之，或使伴郎代草，或文或不文，总以信口而成、才华斐美者为贵。至女家不能酬和，女乃出阁。此即唐人催妆之作也。先一夕，男女家行醮，亲友与席者，或皆唱歌，名曰坐堂歌。酒罢，则亲戚之尊贵者，亲送新郎入房，名曰送花，花必以多子者。亦复唱歌。自后连夕，亲友来索糖梅啖食者，名曰打糖梅。一皆唱歌，歌美者，得糖梅益多矣。……其短调踏歌者，不用弦索，往往引物连类，委曲譬喻，多如《子夜》《竹枝》。……儿童所唱以嬉，则曰山歌，亦曰歌仔，多似诗余音调。解确细碎，亦绝多妍丽之句。大抵粤音柔而直，颇近吴越，出于唇舌间，不清以浊，当为羽音。歌则清婉浏亮，纤徐有情，听者亦多感动。风俗好歌。儿女子天机所触，虽未尝目接诗书，亦解白口唱和，自然合韵。说者谓粤歌始自榜人之女，其原辞不可解。以楚语译之，如"山有木兮木有枝，心悦君兮君不知"，则绝类《离骚》也。粤固楚之南裔，岂屈宋风流，多洽于妇人女子欤？……东西两粤皆尚歌，而西粤土司中尤盛。……

这一段记载甚详，所引是最重要的，可见粤歌的大概情形。至于粤歌内容，就上所引，及本节下文所述，该书他处及他书中所见，可列为一表如次（据左天锡先生表增减）：

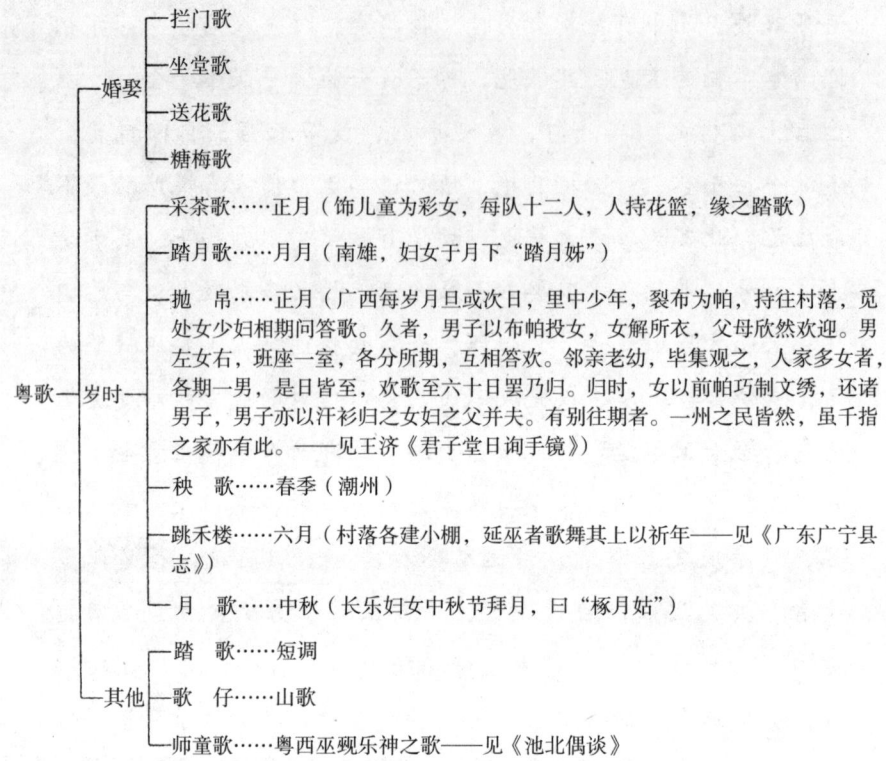

婚娶
— 拦门歌
— 坐堂歌
— 送花歌
— 糖梅歌

粤歌 — 岁时
— 采茶歌……正月（饰儿童为彩女，每队十二人，人持花篮，缘之踏歌）
— 踏月歌……月月（南雄，妇女于月下"踏月姊"）
— 抛　帛……正月（广西每岁月旦或次日，里中少年，裂布为帕，持往村落，觅处女少妇相期问答歌。久者，男子以布帕投女，女解所衣，父母欣然欢迎。男左女右，班座一室，各分所期，互相答欢。邻亲老幼，毕集观之，人家多女者，各期一男，是日皆至，欢歌至六十日罢乃归。归时，女以前帕巧制文绣，还诸男子，男子亦以汗衫归之女妇之父并夫。有别往期者，一州之民皆然，虽千指之家亦有此。——见王济《君子堂日询手镜》）
— 秧　歌……春季（潮州）
— 跳禾楼……六月（村落各建小棚，延巫者歌舞其上以祈年——见《广东广宁县志》）
— 月　歌……中秋（长乐妇女中秋节拜月，曰"㮠月姑"）

其他
— 踏　歌……短调
— 歌　仔……山歌
— 师童歌……粤西巫觋乐神之歌——见《池北偶谈》

除注明者外，均见《粤东笔记》。除踏歌歌辞尚存，余均有目无辞。踏歌多言情之作，《粤风》所载，殆全属此种。其中抛帛一种见明嘉靖间人记载，可见粤中"歌试"之风，彼时已有。刘禹锡《竹枝词》引已有"曲多为贤"之语，似已是"歌试"的开端，但语焉不详，不能比较。就《粤歌》中踏歌而论，其特色乃在男女对答，刘三妹的传说及上所记两粤风俗，都可为证。至其他无辞可考者，是否全为对答之辞，则尚难论定。至于粤歌声调，已见上引者，所谓"曼节长声"，"使人喜悦悲酸"，"清婉浏亮，纡徐有情"。此外黄遵宪《人境庐诗草·己亥杂诗注》云："土人旧有山歌，……每一词毕，辄间以无词之声，正如'妃呼豨'，甚哀厉而长。"所谓"悲酸"，"哀厉"，正与《子夜》《竹枝》相合；无词之声是散声。黄诗注又云："田野踏歌者，……其尾腔曰'娘来里，妈来里'，曰'小篮弟'，曰'娘十几'，皆男女傲动之词也。"这却是和声了。至于这种踏歌的修辞，有所谓"双关"与"挂折"。双关即谐声词格，如：

> 天旱蜘蛛结夜网，想晴惟有暗中丝。

晴谐情，丝谐思，皆《竹枝词》及《吴歌》中所有。又如：

> 竹篙烧火长长炭，炭到天明半作灰。

炭谐叹，是前所未有。其他类此尚多。王士禛等都说《粤歌》与《子夜》或《竹枝》相近，主要理由在此。挂折是嵌字，晚唐皮日休、陆龟蒙"杂体诗"中有"古人名"一体，也系此体。但歌中所嵌人名，日久失传，无从举证。又这种踏歌或山歌（上表中山歌，似指长短句之儿歌，那是狭义；此用广义）向来泛称粤歌。而据钟敬文先生说，这实"是客家人独自擅场的一种歌谣"（《客音民歌集》附录二第四页）。这是不错的。

四、西南民族的歌谣

西南民族名目甚多，其是否一个种族的支派，现在尚难说定（看国立中山大学《语言历史学研究所周刊·西南民族研究专号编后》），但他们的宗教及风俗，颇多相同；关于歌谣的情形，便是如此。兹将与歌谣史有关的略述于下。这些民族的名字有蛋、苗、瑶、倮、僮、黎、畲、保伢等，分布的地方是两广、湘、川、滇、黔、浙、闽等处。除蛋民似乎并无特别的语言外，余均各有语言，有的似乎还有文字（见田雯《黔书》）。他们和粤人一样，也都好歌。他们有些与汉人杂居日久，也学会汉语，能用汉语作歌。蛋民的歌不用说，本是汉语。《苗歌》见《峒谿纤志志余》，《瑶歌》见同书及《粤风》，俱用汉语。畲（同山峯）歌似也有用汉语作的；林培庐先生的《潮州峯歌集》尚未见，故无从断言。（林书虽系近作，但今传之歌当然不会全是"近世"的。）
《黎歌》辞未见记载，还不敢说。又《志馀》所收《苗歌》九首，《粤风》中也收了，却并入《粤歌》之内，不另标目。这可见两者的相似。而左天锡先生说："我想最初的时候，或许只有云（如《志馀》所举峒谿苗人）、贵（如舒位《黔苗竹枝词》所举白苗）及两粤交界地方的苗子唱这些歌；以后和苗子接近的土人便也学着唱，直成为一种普遍的歌调了。苗人用汉语唱歌，自然是受汉人的影响，似无汉人反受苗人影响之理。但这并不就是说，明清之际的苗人受了他们同时的汉人的影响；也许他们同那时的汉人都受着从前汉人的影响。可惜我们现在的材料太少，还不能加以说明。"黄遵宪《己亥杂诗》注中也有与左先生相似的意见，他说："土人旧有山歌，多男女相悦之词，当系僚人遗俗。"他的话比左先生说得圆融，是说汉歌是受了僚人的歌的影响；但他并没举出证据，而我们则有理由相信《竹枝词》实是这类山歌的远祖。

左先生将这些民族的歌，勉强分为四类，第四类应属"徒歌"，此处只列其三类：（一）结婚用（包括择配、婚嫁），（二）节岁用（包括祭祀、聚会），（三）死亡用。左先生又说："实际节岁有时兼祀神，而祀神后，又常在相歌舞以成配偶；并且歌以乐神的歌，又多是言男女之情。所以这许多歌的实质，以情歌为最占得多，而且都是男女互相对答，很少是独唱的。"

（一）结婚用　各民族结婚风俗，大抵相同，但细节不尽一样。——不但各民族不一样，各民族中又分小支，也有相异处。所以我们只能用举例的办法，不能具详。兹先举陆次云《峒谿纤志》中《苗人跳月记》一文，以见苗俗一斑：

　　苗人之婚礼，曰"跳月"。跳月者，及春而跳舞求偶也。载阳展候，杏花柳梯，庶蛰蠕蠕，箐居穴处者蒸然蠢动。其父母各率子女，择佳地而为跳月之会。父母群处于平原之上；子与子左，女与女右，分列于原隰之下。原之上，相喜宴乐：

烧生兽而啖焉，操操不以箸也；漉哂而饮焉，吸管不以杯也。原之下，男则椎髻当前，缠以苗悦，袄不迨腰，袴不蔽膝；裤袄之际，锦带束焉。植鸡羽于髻颠，飘飘然，当风而颤。执芦笙，笙六管，长尺有二，盖有六律无六同者焉。女亦植鸡羽于髻，如男：尺簪寸环，衫襟袖领，悉锦为缘。其锦藻绘逊中国而古文异致，无近态焉。联珠以为缨，珠累累绕两鬟；缀贝以为络，贝摇摇翻两肩。裙细褶如蝶版。男反裤不裙，女反裙不裤。裙衫之际，亦锦带束焉。执绣笼；绣笼者，编竹为之，饰以绘，即彩球是也。而妍与媸，杂然于其中矣。女并执笼，未歌也。原上者语之歌，而无不歌。男执笙，未吹也；原上者语之吹，而无不吹。其歌哀艳，每尽一韵，三叠曼音以缭绕之；而笙节参差，与为漂渺而相赴。吹且歌，手则翔矣，足则扬矣，睐转肢回，首旋神荡矣。初则欲接还离，少则酣飞畅舞，交驰迅速矣。是时也，有男近女而女出之者；有女近男而男去之者。有数女争近一男而男不知所择者；有数男竞近一女而女不知所避者。有相近复相舍，相舍仍相盼者。目许心成，笼来笙往，忽焉挽结。于是妍者负妍者，媸者负媸者，媸与媸不为人负，不得已而后相负者，媸复见媸，终无所负，涕泣而归，羞愧于得负者。彼负而去者，渡涧越溪，选幽而合，解锦带而在系焉。相携以还于跳月之所，各随父母以返，而后议聘。聘必以牛，牛必双；以羊，羊必偶。……

但这种歌辞，并无记载。我们得注意，他们不一定全是用汉语的歌。此外黑苗有所谓"马郎房"，亦为男女聚歌通情之地。傜人也有类似的风俗，名为"会阆"（《广东新语》）。俍人亦"倚歌自择配"（《粤西偶记》、《黔苗竹枝词》），其有无特别的仪式不可知。僮人则有"浪花歌"（《峒谿纤志》、邝露《赤雅》），又有所谓"罗汉楼"（《岭南杂记》），均与苗俗相类。

　　婚嫁时也有许多唱歌的习俗。僮人的"对歌"，是亲迎时用的，和粤地的"拦门歌"相类。蛋民也有这样的风俗（俱见刘策奇先生《僮话的我见》）。又畲民有所谓"调新郎"的风俗，新郎到岳家亲迎，就席时桌上无一物，要等新郎——指名而歌，然后司厨的人和着，才能得到所要的东西（沈作乾《畲民调查记》）。傜人结婚后数年，举行"作星"的仪式，聚歌的多至数百千人，歌三四日夜（许缵曾《滇行纪程》）。《赤雅》载僮人的峒官婚嫁仪式，有一种"出寮舞"。男子就亲女家为"入寮"；半年，女与婿归，盛兵陈乐，马上飞枪走毬鸣铙角，各"出寮舞"，大概也有歌唱的。

　　（二）节岁用　苗人遇令节，为"跳堂舞"（《峒谿纤志》）。聚会亲属，椎牛跳舞曰"做戞"（《黔苗竹枝词》，自注）。款客则有鹦鸹舞（同上）。但有歌辞与否不可知。傜人祭狗王（七月望日，见《说蛮》），有乐舞。十月祭多贝大王，男女联袂而舞，谓之"踏傜"。相悦则男腾跳跃，负女而去（《赤雅》）。畲人除夕先祀祖，次"吃分岁"。宴毕，相互"答歌"为乐（《畲民调查记》）。僮人于春季场期男女"会歌"，所以祈年，禳疾病（檀萃《说蛮》），黎人集会唱歌，有歌姬歌郎。所歌多男女之情，用以乐神（《粤东笔记》）。

　　（三）死亡用　苗人习俗，死亡群聚歌舞，辄联手踏地为节，丧家椎牛多酿以侍，名曰"踏歌"（朱辅《溪蛮丛笑》）。《黔苗竹枝词》作"闹尸"，《峒谿纤志》则名为"唱齐"。苗人又有"击臼和歌"，以哭死者（贝青乔《苗俗记》及《说蛮》）。

　　（四）其他　两粤与汉人杂居同化的苗人，妇女耕种时，田歌在答（《说蛮》）。又僳儸人春日有《采茶歌》（《黔苗竹枝词》注）。苗人更有所谓"水曲"，有舞（同上）。僮人有"混沌舞，有乐有歌"（《赤雅》）。

　　以上各种歌，其辞不详，不能引证。其原来性质都是乐歌，配合各种乐器或有乐器作用的用具；但在非仪式地歌唱时，便成徒歌了。

　　此外就有辞可见的而论，蛋民是水居的民族，所赋不离江山。佷人以扁担歌为其特用的歌（俍女亦力作，故男子以扁担为定情之物，其上装饰甚美，并镌歌辞焉，见《粤西偶记》）。俍人以扇歌为其特用的歌。畲、苗的歌或作三七七，或作七言四句，也有作五七七七的，这种体式，大体与《粤歌》同。猺歌无韵，除上三式外，又有三七七七七七，及七言六句二式。《猺歌》每句末，常有无意义的和声"啰"（本钟敬文先生）。《畲歌》全用汉语，《苗歌》今存者亦为汉语，《狸歌》则似辞兼猺汉，故不易解。这是就《粤风》中所载的说。至纯苗语纯猺语的歌如何，则均不可知。俍僮歌，《粤风》中全为译音（今已由刘乾初、钟敬文二先生译为新诗）。大约这两种人不能作汉语，故只可译原语为汉字，以备一格。这两种歌，每句都是五言，用韵之法甚繁。《僮歌》句数不定，最为自由。《俍歌》则概为八句。不能增减（据《粤风》原注）；但唱时却要叠为十二句，以为尾腔（《粤西偶记》）。

畲歌苗歌修辞，多用双关，与粤歌同。猺俍僮歌，则无此例。《粤西偶记》说，"猺歌专重比兴"，这不是说其他的歌没有比兴，而是说猺歌（僮歌亦同）只有比兴，没有那种谐声词格。

小唱　小唱包括小调或称俚曲。小调与小曲两个名字，照普通用法，并无严格的辨别；不过我想用小曲一名专指明清小曲，以清界限。

一、小调的渊源

南朝的《子夜四时歌》是《四季相思调》的祖祢，《月节折杨柳歌》是《十二月唱春调》的祖祢，《从军五更转》是《五更调》的祖祢，均已见前。

二、五代俚曲

罗振玉先生所印《敦煌零拾》中，有俚曲三种，即《叹五更》、《天下传孝十二时》、《禅门十二时》。罗先生跋云："右俚曲三种得之敦煌故纸中。前为斋荐功德文，后为'时丁亥岁次天成二年，七月十日'等字一行。后书此三曲，缮写相拙，伪别满纸。然借知此等俚曲，自五季时已有之。……"天成是后唐明宗的年号，所以罗先生说"自五季时已有之"。此三曲中,《叹五更》当从《五更转》来,但句式是三七七七为一节,与《五更转》之五言四句为一节者不同。其中所说,系一更自悔未读《孝经》,致不识文书。《天下传孝十二时》句式相同,所咏如其题,颇有佛教影响在内。《禅门十二时》则全讲"禅那",显然是佛教俗歌;其每节句式为三五五。

三、莲花乐

宋释普济《五灯会元》有云:"俞道婆,尝随众参琅琊,一日闻丐者唱莲花乐,大悟。"(据胡怀琛先生《中国民歌研究》引)手头无原书,据此引文及调名似莲花乐,是一种佛教俗歌。后来却变为丐者的歌词的专名。归玄恭《万古愁曲》有云,"遇着那乞丐儿,唱一回《莲花落》。"归是明末人,可见那时已将《莲花乐》作为丐者的职业歌,而"乐"字也因音相近讹为"落"了。可惜这些歌词,俱未见记载。现在各地尚行此调,但已不是佛教俗歌而有许多变化了。歌时常为二人,有时有乐器,以竹为之,中空三节,贯以铜钱。歌时在身上击打,先击两背次举足迎击,次击背心。歌末皆有叠句(《语丝》一二六期)。落又或作闹(同上)。有时戏剧化,一人坐着敲绰板,另一人一面唱,一面作种种姿势。但不化妆,所谓唱亦非全为代言(《语丝》七期)。兹录河北望都县一首,以示例:

闲来无事东园儿里摸,一到东园儿菜畦儿多:倭瓜满地是,瓠子结的多,紫薇薇的茄子倒滴流着多。哩六莲花儿落。

闲来无事北园儿里摸,一到北园儿花名儿多:紫梅花儿俊,月季花儿多,竹篱儿里的牡丹倒滴着多。哩六莲花儿落。

闲来无事西园儿里摸,一到西园儿果名儿多:石榴张着嘴,花焦(椒)笑呵呵,通红的小枣儿倒滴着多。哩六莲花儿落。

闲来无事南园儿里摸,一到南园儿瓜名儿多:西瓜满地是,菜瓜结的多,上架的黄瓜倒滴着多。哩六莲花儿落。哩六莲花儿落，大家欢喜同念佛。

此首见《语丝》一一七期，系谷万川先生所录。据他说是从农民口里记录下来的。歌中所咏，确与农作有关，又末节末语似犹存佛教俗歌的遗形。

四、明清小曲

明清小曲，大部分是从元曲的小令与套数衍变而成，已在前章略说。冯式权先生《北方的小曲》文中云："小曲的历史，从明初到现在，已有五六百年之久。它的全盛时代，大约也同昆曲一样，是在清朝乾隆的时候。在当时尤其欢迎它的是满洲人，就到现在，也仍旧是如此。在北方各省，大约直隶同山东最盛行，其他各地就不甚深知了。"冯先生的材料是根据乾隆末年南京人王绍庭（楷堂）所辑《霓裳续谱》，及差不多同时人辑的《西调》抄本；有些则是从《缀白裘》的时剧中寻出来的。他将这些小曲大别为杂曲、杂调、西调、岔曲四种。兹分述之。

（一）杂曲　凡是标有"牌名"的都可以包括在内。其中大部分都是自南北曲蜕化来的。杂曲同南北曲之分离，大约在明初，它们在明朝中叶已经完全脱离关系。在明朝创作的杂曲，已经很有不少。到了清朝，创作的曲子更多了，但渊源于南北曲的，也复不少。至于所有杂曲的各曲子的盛衰，在明朝可以由沈德符的《野获编》上所记的看出（见第二章引——四十五页）。但他所说之外，还有《玉蛾郎》，又名《玉蛾儿》，是明朝玉熙宫的曲子，流传到民间，称为《四景玉娥郎》。（见清高士奇《金鳌退食笔记》）一直到清朝同治、光绪的时候，还有流传。至于明朝盛行的《干荷叶》、《哭皇天》、《桐城歌》、《鞋打卦》、《泥捏人》及《熬鬏髻》等，到清朝是早已寂寂无闻了。《闹五更》也失传，不知与另一来源的《五更调》异同如何。《银绞丝》到清朝也不十分流行，却会跑到旧剧里边去，——《探亲相骂》完全就是这一阕曲子辗转组成的——一直传到现在。《打枣干》、《粉红莲》

等，在清朝尚余下有几阕曲子，但也就衰微极了。《挂枝儿》到明末还流行。《续今古奇观》中记妓女唱此曲，又《明代轶闻》中记冯梦龙的《挂枝儿》乐府大行于时（见西谛《挂枝儿》，《文学周报》八七号），都可为证。但到清朝似也微了。民国八年，上海有出版的《挂枝儿夹竹桃合刊》，所辑不知是现时南方还流行者否。惟《寄生草》一曲，是否曾经中落，已不可知。在乾隆前，总要算第一盛行的杂曲。当时的小说如《儒林外史》及《绿野仙踪》都曾经引过它；后来《红楼梦》也引过它。一部《霓裳续谱》所辑的杂曲，《寄生草》约在二分之一以上，仅它的变调已有六七种之多了。同《寄生草》同时的，有《叠落金钱》及《剪靛花》二曲，也还盛行。所有的杂曲自嘉庆道光以后就日衰一日了。现在虽然有《罗江怨》、《石榴花》、《南锣儿》……等数曲流传，但是听者及唱者也都不知道它们是什么东西了。

杂曲之出于南北曲的，有些格式同南北曲一样，有些把原来的格式改变另成一体，甚而至于完全解放而没有一定的格式。至于创作的曲子，有许多有一定的格式，有许多似乎没有。现在的材料太少，对于这层，还不能十分确定。

兹举《挂枝儿》、《寄生草》各一首为杂曲之例：

对妆台忽然间打个喷嚏，想是有情哥思量我，寄个信儿。难道他思量我刚刚一次！自从别了你，日日泪珠垂，似我这等把你思量也，想你的喷嚏常如雨。（《挂枝儿·喷嚏》）

欲写情书，我可不识字。烦个人儿，——使不的。无奈何画几个圈儿为表记，此封书为有情人知此意：单圈是奴家，双圈是你。诉不尽的苦，一路圈儿圈下去，一路圈儿圈下去。（《寄生草》）

（二）杂调　杂调大约都是原来在某一个地方流行的一种调子，后来发展了而推广到外面去的，如同唐宋时《大曲》中的《伊州》《梁州》《西州》等是。杂调有以地名为名的，如《湖广调》、《隶津调》（当系《利津调》）、《河南调》等。有不标地名的，如《黄沥调》（或《黄杂调》）、《盘香调》、《马头调》、《靠山调》等。从地名上看，《湖广调》及《利津调》大约起自明朝；因为湖广行省和利津县都是明朝地名。其馀便不易考求。杂调的盛行，远不如《西调》及《杂曲》。乾隆时，《黄沥调》比较盛些，但多半与杂曲联为套数，独立的几乎没有。现在《黄沥调》还有少数的存留。道光时，继《黄沥调》而起的是《马头调》。《京尘杂录》（道光年作）上说："京城极重《马头调》，游侠子弟必习之，硁然，断断然，几与南北曲同。"当时之盛亦可想而知。再后就是《靠山调》，现在也还有，不过衰微极了。

多数杂调的格式不如杂曲有规则；但有些也显然有一定的格式。兹举《黄沥调》为杂调之例：

> 熨斗儿，熨不开满面愁像。快刀儿，割不断心长意长。算盘儿，打不开思想愁账。钥匙儿，开不开我眉头锁。汗巾儿，止不住我泪两行。

道光八年刻的《白雪遗音》，是华广生辑的。据郑振铎先生《白雪遗音选序》，此书搜罗的范围颇广，材料很复杂。据郑先生看，共有小剧本、滑稽短歌、小叙事诗、古人名、戏名、歇后语各种。除小剧本及歇后语外，皆属歌谣范围。其中有"带白"的一种，系一人独唱（如《岭头调》中《日落黄昏》一曲），可以说是歌谣与戏剧的过渡。此书的内容，据选本郑序引原书高文德序云："其间四时风景，闺怨情痴，读之历历如在目前。"又引常瑞泉序云："翻诵其词，怨感痴恨，离合悲欢，诸调咸备。"据此，书中各曲不外写景、言情两种，而言情之作似占极大部分。郑序又说其中有"猥亵的情歌"，虽亦言情，是另属一类。至书中分类，则以乐调为主，就选本说，计有《马头调》、《岭头调》、《满江红》、《剪靛花》、《起字呀呀呦》、《八角鼓》、《南调》等。除《满江红》、《蒨靛花》应属杂曲外，其余似乎都是杂调。《八角鼓》或与《西调》有关，亦未可知（看下文）。这种歌大抵先属文人制作，然后流行民间的，故辞甚雅驯。兹举《马头调》中《春景》一首，因为这种写景的是很少的：

　　和风吹的梨花笑，如雪满枝梢。杏花村里，酒旗飘摇，春兴更高。游春的人，个个醉在阳关道，醉眠芳草。猛抬头，青杨绿柳如烟罩，弱丝千条。紫燕双双，飞过小桥，去寻新巢。两河岸，桃花深处渔翁钓，春水一篙。深林中，远远近近黄鹂叫，声儿奇巧。

上文说过郑振铎先生所得的《挂枝儿》一书，那书所录，也都是恋歌。郑先生又举出其中两首，与《白雪遗音》中两首《马头调》相比，造意遣词，都很相同。由此可见歌谣传布与转变的痕迹，又可见杂曲调之分，不能十分严格地看。

　　《国语周刊》第八期有《扬州的小曲》一文，介绍邗上蒙人的《风月梦》中的扬州妓女唱的小曲。书有道光戊申（二十八年）的自序，在《白雪遗音》后。所录亦为杂曲。

　　（三）西调　　这也可认为是杂调的一种，不过它的势力非常之大，所以另分一类。《西调》的序上说："《西调》非词非曲。"其是否脱胎于南北曲，亦很难说定。光绪时满洲人震钧作《天咫偶闻》，卷七有云："旧日鼓辞有所谓子弟书者，始创于八旗子弟。其词雅驯，其声和缓，有《东城调》、《西城调》之分。西调尤缓而低，一韵萦回良久。"查《西调》盛于乾隆时，此所记已在六七十年后，或只是《西城调》之简称，与原来的《西调》无涉。原来的《西调》大约起于明朝，是山西省产生的。明朝山西的乐户极多，直到清雍正元年方始解除。《野获篇》说："大同，代简王所封，乐户较他藩多数倍。……京师城内外，不逮三院者，大抵皆大同籍，……"可见山西乐户之多。《杂曲》内的《数落山坡羊》，就是从宣府大同传来的，那么这《西调》或者也是由山西之乐户传出，所以叫作"西"调。

乾隆时可以说是《西调》最盛的时期，就是《寄生草》恐怕也不如它。一部《霓裳续谱》内大约二百阕《西调》，而且还有一部《西调》的专集。其中曲子大半出于士大夫之手。同治、光绪时，《昆曲》的时剧里夹杂着的还不少。但是到现在，似已全然不存了。
《西曲》的格式也很难说定，举一曲为例：

浮萍泛泛，恰似我无依无靠。舞蝶飘飘，恰似我魂梦遥遥。孤灯耿耿，恰似我把精神消耗。落花点点，恰似我血泪鲛绡。啼鹃阵阵，恰似我怨东风，絮絮叨叨。新月弯弯，恰似我皱眉梢。垂杨细细，恰似我瘦损了袅娜纤腰。残春寂寂，恰似我虚渡过青春年少，青春年少。

（四）岔曲　有人说，《岔曲》出于清初军中的"凯歌"，此说不甚可靠。查唐宋"大曲"内有《煞衮》（煞正写应作杀）一篇。元人北曲以"煞"名的更多了，如《耍女儿十三煞》、《后庭花煞》、《神使儿煞》……等；至于《随煞》、《隔煞》及《煞尾》，则差不多每一"官调"里都有。南曲里也有《随煞》、《双煞》，《和煞》……等。"杀"说文云："从殳，杀声。"徐铉注说："杀字，相传云音察。"此处读去声，正与"岔"同音。或者"岔"就是"杀"或"煞"之误写。由此，我们不能不认《岔曲》同南北曲有直接或间接的关系，但现在还没有充分证据罢了。

《岔曲》里边的《慢岔》、《数岔》、《西岔》、《起字岔》及《垛字岔》，都没有一定的格式。《平岔》大约也没有一定的格式。兹举一曲为例（以上多采冯式权先生原文）：

月满栏杆，款步进花园。慢闪秋波四下里观，观不尽败叶

飞空百花残。猛听得天边孤雁声嘹亮。霎时月被云遮，光明不
得见；似这等人儿不能周全，那月儿怎得圆！

（五）粤调　《粤东笔记》中所载《粤歌》，除前已见者外，尚有
以下三种：

甲　摸鱼歌　此为"长调"，"如唐之《连昌宫词》、《琵琶行》
等，长至数百言、千言，以三弦合之，每空中弦以起止。"《中华全国
风俗志》作"木鱼书"，云如上海《滩簧》，如《客途秋恨》、《三娘
教子》、《蒙正拜灶》等都属此类。木鱼书到中秋晚上叫"月光书"，
每到中秋晚上，读书者高叫"月光赢"。"书"与"输"同音；粤人好
赌，故讳言之。妇人多争购，以占吉凶。如所购为《客途秋恨》，则有
落魄之兆；为《蒙正拜灶》，则有先难后易之兆。由此所记，木鱼书实
是唱本。《粤风》中有"沐浴歌"，亦系此种。但该书中说还有一种，
句法类诗余，书中有一歌，即系此种：

一笑千金难买，行来步步莲生，脸似桃花眉似柳，话语最
分明。

这是仿原来的沐浴的调子而唱的。

乙　汤水歌　"东莞贸食姬所唱之歌头曲尾。"

丙　瞽者小唱　"妇女定时聚会，使瞽师瞽女唱之，曰某记某记，
如元人弹词，其辞至数千言，随主人所命唱之，以琵琶篾子为节。"

此外见于《池北偶谈》的"师童歌"，是粤西巫觋乐神之曲。其辞
不存，不知应属前列《粤歌》中，抑应属此。又许地山先生《粤讴在文
学上的地位》（《民铎》三卷三号）一文中，说起两种粤调，其中"南
音"一种，许先生举出《客途秋恨》一名为例，不知是否就是木鱼书。
两种辞均未见，兹暂将其另一种之目列下。

丁　龙舟歌

粤调中最负盛名的自然是：

戊　粤讴　这是旧广州府属的歌。钟敬文先生说广东除普通形式的民歌和儿歌外，有三种特出的歌，与广东的三种方言相应：客家话则有山歌，福佬话则有《畬歌》，本地话（即广府话）则有《粤讴》（《民间文艺丛话》十三页）。《粤讴》相传是南海招子庸的创作。相传他要上北京会试的时候，在广州珠江上和一个妓女秋喜认识。彼此互相羡慕，大有白头偕老的思想。无奈子庸赶着要启程，意思要等会试以后才回来娶她。秋喜欠人的债，与子庸在一起两三个月，从未向他提过。子庸去后，债主来逼她，她又不愿另接他客，无法偿还，后来便跳入珠江溺死了。子庸回来，查知这事，非常伤悼，于是作《吊秋喜》来表他的伤感。在《粤讴》里，这是他的"处女作"。但这只是一个传说。清同治十一年续修的《南海县志》卷二十有李徵霨为他作的（据《民间文艺》二汪宗衍先生通信）传，说他"精晓音律，寻常邪许，入于耳即会于心，蹑地能知其节拍。曾缉《粤讴》一卷"。是缉说，就不见得全是作了，原书刻于道光八年，有序及题词十二篇。此本未见。所见为英国Clementi译本附：

　　青州大尹（招尝为青州知府）笔花飘，姊妹心情待曲描。
　更费搜罗成艳体，任教顽钝亦魂消。（梅花老农《题粤讴四绝句》之四）

大约有作有缉之说近是，至于秋喜的事，传中不载。题词中有篆江居士（汪通信中作逐江居士，谓系熊景星的别署）四首绝句，前三首似有所指的妓女，但与秋喜情形亦不合；怕秋喜的事终不免是附会的。

《粤讴》所录，据Clementi本，共九十七"牌名"，一百二十一首。牌名实在就是题目。各歌以青楼生活为中心，大抵是描写妓女的可怜生活的。若照传说论，这便是秋喜之死有以致之了。但这些歌本是预备载酒征歌时给妓女唱的，其以妓女为题材，也是平常的事。各歌大抵托为妓女口吻，作男子语者甚少。调子则似乎是旧有的。石通人序有云：
"南讴感人，声则然矣，词可得而征乎？"下即接"居士（指招子庸，
他别署明珊居士）乃出所录"云云。可见"南讴"的声是本来有的。
《粤讴》的写法，大部分是借景抒情，是进步的兴体；也有用比的（如
《灯蛾》）、用赋的，但甚少。

最有名的两篇，却全是赋，一是《吊秋喜》，二是《解心事》。
《吊秋喜》之有名不用说；《解心事》之得名，大约因它是《粤讴》中
第一篇之故。《粤讴》甚至一名为《招子庸解心事》（见许先生文）；
又唱《粤讴》也有叫唱《解心》的（《北新》二卷九号招勉之先生
文）。兹录《吊秋喜》及《听春莺》二曲于后；《听春莺》可以代表
《粤讴》的作风，Clementi说西方人不赏识前者，赏识后者。

　　听见你话死，实在见思疑，何苦轻生得咁痴？你系为人
客死，心唔怪得你。死因钱债，叫我怎不伤悲！你平日，当我
系知心，亦该同我讲句；做乜交情三两个月都有句言词！往日
个种恩情丢了落水；纵有金银烧尽带不到阴司！可惜飘泊在青
楼，孤负你一世；烟花场上有日开眉。你名叫做秋喜，只望等
到秋来还有喜意；倒乜才过冬至后就被雪霜欺？今日无力春风
唔共你争得啖气，落花无主敢就葬在春泥。此后情思有梦你便
频须寄，或者尽我呢点穷心慰吓故知！泉路茫茫你双脚又咁
细，黄泉无客店问你向乜谁栖？青山白骨唔知凭谁祭？袁杨残
月空听个只杜鹃啼！未必有个知心来共你掷纸，清明空恨个负
纸钱飞！罢咯，不若当作你义妻，来送你入寺。等你孤魂无
主，仗吓佛力扶持！你便哀恳个位慈云施吓佛偈，等你转通来
生誓不做客妻！若系冤债未偿，再罚你落粉地，你便拣过一
个多情早早见机。我若共你未断情缘，重有相会日子。须紧
记！念吓前恩义！讲到消魂两字，共你死过都唔迟！（《吊秋
喜》）

　　　断肠人，怕听春莺。莺语撩人，更易断魂。春光一到，已自撩人恨：鸟呀！你重有意和春共碎我心？人地话鸟语可以忘忧，我正听佢一阵。你估人难如鸟，定是鸟不如人？见佢恃在能言，就言到妙品；但逢好境就语向春明！点得，鸟呀，你替我讲句真言，言过这薄幸！又怕你言词关切，但又当作唔闻。又点得我魂梦化作鸟飞，同你去揾！揾着薄情详讲，重要揾回音。唉！真肉紧。做梦还依枕。但得我梦中唔叫醒我，我就附着你同行。（《听春莺》）

　　《粤讴》每首末了，常有感叹词"唉""罢咯"，"呀"或代名词呼格"君呀""郎呀"等等字眼。有"唉""呀"底句通常在全篇中是最短的句；而最末了那句每为全篇中最长的句。这个特性，因为《粤讴》是要来唱底缘故；唱到"唉""呀""罢咯"等字句，就是给人一个曲终的暗示。唱《粤讴》俱用琵琶和着，但广东人精于琵琶的很少，所以各牌的调子都没有什么变化（据许文）。

　　当时《粤讴》极流行，李传论之云："……虽《巴人下里》之曲，而饶有情韵。拟之乐府，《子夜读曲》之遗；俪以诗余，'残月晓风'之裔。而粤东方言别字亦得所考证，不苦诘屈聱牙。一时平康北里，谱入笙歌，虽'羌笛春风'，'渭城朝雨'，未能或先也。"招子庸以后，《粤讴》的作家很多；如缪莲仙的作品也是数一数二的。莲仙或与子庸同时，或晚他几年。他是浙江人，游幕到广州；他的生平，我们不甚知道。他在"南音"上更有名，《客途秋恨》便是他作的，至今还流行着。但到了道光末年，《粤讴》便渐渐中落了。李传云："自道光末年，喜唱弋阳腔，谓之班本。其言鄙秽，其音侏僞，几令人掩目而走。而耆痂逐臭，无地无之。求能唱《粤讴》者，邈如星汉。"但是现在《粤讴》似乎又流行了。许先生文中也说他在广东住得最久；他说广州所属各县，"无论是谁，少有不会唱一二支《粤讴》的。"又招勉之先生文中也说及现在唱《粤讴》的事。他说《粤讴》一书中，至今还为人称道的是《吊秋喜》及《解心事》二章。又说，现在唱《粤讴》的是用铜线琴（又名扬琴）和檀板，或用二胡和檀板，他们已不用琵琶了。

徒歌　徒歌或称为"自来腔"（《歌谣周刊》七十一号CK先生文），包括诵的和歌的。山歌其实也可以说是徒歌；但本节所指，却严格地以彻头彻尾不合乐的为主。这种徒歌自应纯是白话，而因古今语异及文人改削的关系，有些古谣在现在看来，却似乎很文，这在流行当时并不如此的。徒歌之古者，相传有《康衢谣》，但那是依托的（五十一页）。《蜡辞》较为可靠，也甚古，但恐系追记；又其是否乐歌，甚难断定。此外，《孟子》中载晏子引《夏谚》一首云：

吾王不游，吾何以休！吾王不豫，吾何以助！一游一豫；
为诸侯度！（《梁惠王》下）

此歌虽名为谚，而"其辞如歌诗"，实"谣之类"（焦循《孟子正义》中语），赵岐注以为夏禹时谚。孟子之书较早，此歌又系晏子所引，自然甚可靠。但陆侃如先生以为文字平易，疑亦是追记的（《中国古代诗史》稿）。所以关于最古的徒歌，实是难有定论。

徒歌内容，就《古谣谚》中所载言之，大约可分为下列诸项：

一、关于政治的

（一）占验的　以占验的观点解释歌谣，起源甚早。《国语·郑语》载周宣王时童谣云：

檿弧箕服，实亡周国。

说是褒姒亡周的预言。古人好言神怪；若照我们现在的解释，则这歌当是褒姒得宠后的传说，形诸歌咏，乃民怨的表现，与"时日害丧，予及女偕亡"及"千里草，何青青"之谣系同类，不过表现方法各有不同而已。至于以后的应验，则全属偶然，并无一定的因果关系存于其间。但这种占验的解释，辅以荧惑之说（关于荧惑的记载，始于汉代，其起源大约甚古），直到近世，还有很大的势力。因为史书《五行志》中采用此说，所以影响有如此之巨。《儿歌之研究》中说这种歌谣，学者称为"历史的儿歌"，引日本中根淑释童谣云：

> 其歌皆咏当时事实，寄兴他物，隐晦其辞，后世之人鲜能会解。故童谣云者，殆当世有心人之作，流行于世，驯至为童子所歌者耳。

并说"中国童谣，当亦如是"（《谈龙集》二九三页）。至于关于个人的预言，如《晋书·五行志》谓庾亮初镇武昌，出至石头。百姓于岸上歌曰：

> 庾公上武昌，翩翩如飞鸟。庾公还扬州，白马牵旒旐。

又曰：

> 庾公初上时，翩翩如飞鸟。庾公还扬州，白马牵流苏。

（二）颂美的　前引《夏谚》即是一例。又如《左传》襄公三十一年，子产从政一年，舆人诵之曰：

> 取我衣冠而褚之，取我田畴而伍之。孰杀子产，吾其与之！

这些都是普泛地颂美为政的人的。又如《汉书》载魏河内民为史起歌云：

> 邺有贤令兮为史公，决漳水兮灌邺旁，终古舄卤兮生稻粱。

这是专指一事加以颂美的。

（三）讽刺的　如《后汉书·刘玄传》载长安中语云：

> 灶下养，中郎将；烂羊胃，骑都尉；烂羊头，关内侯。

这是讽刺刘玄时受官爵者之滥，是贬咏。又如《史记》载天下为卫子夫
（武帝后）歌云：

> 生男无喜，生女无怒；独不见卫子夫霸天下！

这歌专咏一人，讽刺之意甚隐。又如南朝时袁粲、褚渊同受宋明帝顾
命，粲尽忠故国而死，渊则入仕新朝。于时百姓语曰：

> 可怜石头城，宁为袁粲死，不为褚渊生！

这是讥渊个人失节的。

（四）怨诅的　如前举"千里草"之谣是诅咒董卓的，属此类。又
如《汉书·翟方进传》云：汝南旧有鸿隙大陂，郡以为饶。成帝时，关
东数陂，水溢为害。方进为相，与御史大夫孔光共遣掾行事，以为决去
陂水，其地肥美，省堤防费而无水忧。遂奏罢陂云。王莽时，常枯旱，
郡中追怨方进，童谣曰：

> 坏陂谁？翟子威。饭我豆食羹芋魁。反乎覆，陂当复。谁
> 云者？两黄鹄。

这是为一事而发的。

（五）记事的　记当时新闻而成歌咏。如《汉书·匈奴传》载《平

城歌》云：

> 平城之下亦诚苦，七日不食，不能彀弩。

这是记平城之围的。又《旧唐书·韦坚传》载玄宗时人间戏唱歌词云：

> 得体纥那也，纥囊得体耶。潭里车船闹，扬州铜器多。三
> 郎（指玄宗）当殿坐，看唱《得体歌》。

书中以此歌为预言，其实也当是新闻的歌。

二、关于社会的

（一）颂美的　这是指颂美学术、德行等而言。如《论语·比考谶》诏孔长彦、孔秀彦兄弟聚徒数百，时人为之语曰：

> 鲁国孔氏好读经，兄弟讲诵皆可听。学士来者有声名，不
> 遇孔氏那得成！

有一个比较少见的歌，是颂富的。《晋书·麹传》说金城曲氏与游氏世为豪族，西州为之语曰：

> 麹与游，牛羊不数头；南开朱门，北望青楼。

（二）品鉴的　这与前项相似而不同，是评论人物而估定其价值的。东汉时此风最盛，起于学者而行于民间。其措语亦似有定式，如《后汉书·召驯传》说驯少习《韩诗》，博通书传，以志义闻，乡里号之曰：

> 德行恂恂召伯春。

"伯春"是驯的字。又《许慎传》，时人为之语曰：

> 五经无双许叔重。

此种体格，大抵用以评论人之学术德行，间有涉及政事的，也以颂德为旨。如《后汉书》异文，鲍永辟、鲍恢为从事，京师语曰：

> 贵戚敛手避二鲍。

这实在还是说二鲍之抗直的。也有连用两句论一人的。如《后汉书·胡广传》载京师谚曰：

> 万事不理问伯始（广字），天下中庸有胡公。

又有用两句来比较两个人的。《后汉书·党锢传》序云："初，桓帝为蠡吾侯受学于甘陵周福，及即帝位擢福为尚书。时同郡河南尹房植有名当朝。乡人为之谣曰：

> 天下规矩房伯武（植字），因师护印周仲进（福字）。

二家宾客，互相讥揣，遂各树朋徒，渐进尤隙。"

更有用两句分论之人连为一歌的。这种歌或称语，或称谚，或称谣。照《古谣谚》例言，所录称语者即谚。但谚是经验的结晶，应是原则的或当然的，与此种歌性质不符，故仍当作谣而加以论列。在东汉以前，也有这种歌，但体式不同。《史记·货殖传》注，徐广引谚云：

> 研桑心算。

研是计然，桑是桑宏羊。这也应属于谣。

（三）风俗的　《五杂俎》（明谢笔涮著）载京师风俗谚云：

> 天无时不风，地无时不尘；物无所不有，人无所不为。

又如《后汉书》马廖引长安语云：

> 城中好高髻，四方高一尺；城中好广眉，四方且半额；城中好大袖，四方全匹帛。

这是说风俗流行的情形。又如《石痴别录》（明代）载儿童衣裙相牵，每高唱云：

> 牵郎郎，拽弟弟，踏碎瓦儿不着地。

《坚瓠集》据《询刍录》说这是祝生男之歌。这便是风俗的表现了。

（四）民情的　如《越谣歌》云：

> 君乘车，我戴笠，他日相逢下车揖。君乘车，我骑马，他日相逢为君下。

这可见友道之厚，风俗之淳。又如《炎徼纪闻》载广西人为傜人谣云：

> 盎有一斗粟，莫溯藤峡水；囊有一陌钱，莫上府江船。

藤峡府江皆傜人所居。这是说傜人之可畏。

三、关于地理的

如《荆州记》载宜州西陵峡中有黄牛山，江湍纡回，途经信宿，犹望见之。行者语曰：

朝发黄牛，暮发黄牛；三朝三暮，黄牛如故。

或说这是谚，或说这是谣；但此歌似抒征人之情，非只记载形势，似以属谣为是。

四、关于风物的

如《南越志》佚文云：南土谓蛎为蚝，甲为牡蛎。合涧州牡蛎，土人重之，语曰：

得合涧一，虽不足豪，亦可以高。

豪蚝谐声，此另是一格。又如《拾遗记》说用胡中指星麦酿酒，醇美，久含令人齿动。若大醉，不可叫笑摇荡，令人肝胀消烂，俗人谓为消肠酒。闾里歌曰：

宁得醇酒消肠，不与日月齐光。

五、关于传说的

如《白醉琐言》载，江西龙虎山头向上，真人子孙相继膺封。赣州张氏山头向下，世出一人与冥道相通，每岁为阴府行疫于四方。有谣云：

金鹅头向天，代代出神仙；金鹅头向水，代代出神鬼。

又如《酉阳杂俎》记妒妇津说，有妇人渡此津者，皆坏衣枉妆，然后敢济；不尔，风波暴发。丑妇虽妆饰而渡，其神亦不妒也。妇人渡河无风浪者，以为己丑，不致水神怒；丑妇讳之，无不皆自毁形容以塞嗤笑也。故齐人语曰：

> 欲求好妇，立在津口；妇立水旁，好丑自彰。

六、嘲谑的

如嘲残疾的有《舞十般癫语》，见《西湖志馀》，是宋时歌，只存其一云：

> 一般癫来一般癫，浑身烂了肚皮在，也不碍。

又如《委卷丛谈》引杭谚嘲塾师云：

> "都都平丈我"，学生满堂坐。"郁郁乎文哉"，学生都不来。

这是说塾师先误读，学生不知，后经人指出，学生乃都散去。

七、诀术的

如《帝城景物略》云：幼儿见新月，曰月芽儿，即拜笃笃祝，乃歌曰：

> 日日月，拜三拜，休教儿生疥！

又如同书载九岁时不雨，家贴龙王神马于门，磁瓶插柳枝，树门之旁。小儿塑泥龙，张纸旗，击鼓金，焚香各龙王庙，群歌曰：

> 青龙头，白龙尾，小儿求雨天欢喜。麦子麦子焦黄，起动起动龙王。大下小下，初一下到十八。摩诃萨！

又如《新唐书》载《京师里闾诅》云：

> 若违教，值"三豹"。

书中说王旭、李嵩、李全交之御史皆严酷，京师号"三豹"，里闾至相诅（另一书载此歌，作咒）云云。这与小说中常用的诅词"若有虚假，雷殛火焚"，用处相同。

八、游戏歌

如第二章所举"狸狸斑斑"一首是也。此歌无意义，只是趁韵而成。

海外的中国民歌　英国Charles G Leloud著有Pidgin English Sing-Song一书，收录海外的中国民歌二十二章。用的是一种特别的语言，用字与文法两方面，都是华洋合璧。这便是国内所谓"洋泾滨话"；早一些的名字，似乎还有所谓"红毛鬼话"。前者是上海的名字，后者是南洋的名字。这种话里英语的分子最多，但因发音困难，都已变了样子。洋泾滨话中只有英语，红毛鬼话中却还夹着法语、葡萄牙语、印度语、马来语。又前者中的中国字是上海话，后者中却是广东话。这种话虽起于上海及南洋，但渐渐通行各口岸。工商人等出国谋生者，又将它带至欧美各处。通行范围既广，便有用这种话作的歌和故事等，本书所录，正是此等。据本书导言中说，作歌人英文程度也颇有高下之别。书有英美两种版。美国版印于一八七六年，可知这些歌至少已是半世纪前的东西了。现在国人能说正确的外国语者日多，这种东西大约已渐归淘汰了罢（参看刘复先生《海外的中国民歌》一文）。

二十二章中以叙事歌为多，这与中国国内民歌的情形不同，想系受外国歌谣影响。所叙或出于历史，如孔子和老子；或出于传说，如《鞑靼公主歌》（此歌与乌孙公主《悲秋歌》有关）；或纪近世之新闻，如Wang-ti The Ballad of Wing-King-Wo，或记中外人之小交涉，如Margloe Slang-Whang；或为寓言，如《鼠》；或为生活歌，如《卖玩物的人的歌》；或为儿歌，大抵取材中国的多，无纯粹咏外国事者。所咏多与用这种话的人身分相称；也有不相称的，但亦必系常为他们所乐道的高级社会中人物。至如《孔子与老子》一章中述较高的哲理，疑非那班人所能领会，或系于中文较有根底者所为，未必流行甚广也。又各歌后附教训之谣，如《伊索寓言》而较长，当系受《伊索寓言》等影响。兹录刘复先生所译五歌之二以示例：

《小小儿子》

小小子儿，坐屋角，吃年糕。吃出干葡萄，"好呀！我这小子多么好！"（附原文）

Little Jack Horner

Little Jack Horner

Makee sit inside corner, Chow-chow he climas pie;

He put inside t' un Hob catchee one plum, Hai yah!

"What one good ohilo my！"

《老鼠》

有一只老鼠，硬要拉出一只钉来。他来说，"我看见了怎个大尾儿！""可是我现在拉出来了，这东西没有用，不好，只是块旧铁，不是好吃的东西。"

要是人丢了功夫做麻烦的笨事，那犹如，是你把你——呸——那竟是老鼠拉钉呵！

以上都说的是古歌谣，可算是歌谣的历史。至于近世歌谣，即当世流行的歌谣，就已收集的而论，（其中有一部分是从书上抄下，非从口头抄下，这一部分也当以古歌谣论。不过这种分别，全为容易辨明。所谓古歌谣，有些也与当世流行者差不多。这层我们是应当知道的。）可分为普通话、吴语、粤语三系，其内容及结构，均于下两章中论及，兹不赘。这中间有些叙事的唱本，如《孟姜女》、《祝英台》等，很可注意，因为她们的故事是流行极广的大故事。

四　歌谣的分类

分类的标准　歌谣可用种种标准分类，兹列举如次：

一、音乐

歌谣本以声为主，曲调自然是最重要的，所以列为第一。古来徒歌、乐歌之别，近世小曲、自来腔之别，均以音乐为衡。《诗三百篇》和《乐府诗集》也都以音乐分类。

现在的小曲里也有不少的曲调如《满江红》、《银纽丝》、《梳妆台》、《侉侉调》、《泗州调》、《孟姜女》，《十杯酒》等，可惜还没有多少人收集这种材料，确切的分类一时怕还谈不到。

二、实质

这种分类法，下文将专论之。

三、形式

如《四季相思》、《五更调》、《十二月》、《十杯酒》、《二十四枝花》、《百花名》等；或"数字""对字""对句""接字""对山歌""宝塔歌"等。

四、风格

第一章里曾引沈兼士先生"自然民谣"与"假作民谣"之说。他说这两者的命意属辞及调子，都不相同；又说后者没有前者"那么单纯直朴"。他的主要的标准似乎是风格；风格原可以概括命意属辞的。这种分法的结果,与小曲和自来腔的分法一样,只是从另一面看罢了。

五、作法

如吴康先生《诗经学大纲》(《国立广东大学文科学院季刊》)分《诗经》为四类:

（一）记叙类 如《七月》,《东山》,《大明》,《绵》,《嵩高》,《烝民》等是也。

（二）抒情类 如《关雎》,《桃夭》,《柏舟》,《谷风》,《野有蔓草》,《溱洧》,《蒹葭》,《小弁》等是也。

（三）状物类 如《君子偕老》,《硕人》,《小戎》等是也。

（四）议论类 如《相鼠》,《节南山》,《正月》,《十月之交》,《文王》,《板》,《荡》,《抑》等是也。

又如《简兮》,《良耜》等篇（此类诗篇至众,今不一一具举）,语无专主,弗能厕为何类,在读者审之而已矣。

吴先生说这是就诗义分的,我看实是就作法分的。

六、母题

研究歌谣,有一个很有趣的法子,就是"比较的研究法"。有许多歌谣是大同小异的,大同的地方是他们的本旨,在文学的术语上叫做"母题（motif）";小异的地方是随时随地添上的枝叶细节。(《胡适文存二集》卷四,三〇九页)母题也可为分类的一种标准,如《看见她》、《孟姜女》、《月光光》等;但是现在材料太少,这种标准还不能大规模地运用。

七、语言

如近世歌谣可分为普通话,吴语,粤语三系。

八、韵脚

歌谣多有韵,但也有无韵的。《古谣谚·凡例》说谣谚"间有无韵者，大都因所引未全"。可是也未必尽然。如吴歌中的《一家人家》（数字）、《碰碰门》（对句）、《偹姓啥》（对字）、《头头利市》（接字）等，便都是全部或大部无韵的。兹举《一家人家》一首：

> 一家人家：两个人，三板桥；四崝牌楼，五斤甏头，陆家
> 里来子七个客人，喊子八个戏子，点子九莲灯，做子十出戏。
> （《甲集》二四页）

这是通首无韵的。原来歌谣分为乐歌、徒歌，徒歌里又有歌、诵之别；诵与歌稍异，没有韵也无妨。上举各例，都是只能诵的歌谣。照以上所说，歌谣固可分有韵、无韵二类，但无韵的究竟甚少。

九、歌者

《古谣谚·凡例》所谓"以人为标题者"，便是此种；如"军中谣"、"诸军谣"、"民谣"、"百姓谣"、"童谣"、"儿谣"、"女谣"、"小儿谣"、"婴儿谣"等。《吴歌甲集》里所收歌谣，大别为儿歌、民歌二类。民歌中又分五类，如下：

（一）乡村妇女的歌——这是以她们的中心思想（爱情）发挥而成的歌；因为她们没有受过礼教的熏陶，所以敢做赤裸裸的叙述。

（二）闺阁妇女的歌——这类歌的结构比别类都茂密，说的人情世故也都刻画入细。在形式方面，固然独创的也很多，但给识字的妇女做了，便接近到诗及弹词上面去。在意义方面，说私情的不及说功名的多，大都希望夫婿以科第得官；或者说自己竭力整顿家事，求得丈夫面上的威光。这种情境，决不是乡村妇女所想得到的。

（三）男子（农、工、流氓）的歌——它们或有豪迈的气概，或有滑稽的情兴。（农工流氓以外的男子是没有歌的，程

度高的就做诗，低的就唱戏了。）

（四）杂歌——如对于宇宙和人生求解答的对山歌，如佛婆们的劝善歌等。（七页）

儿歌、民歌的二分法，甚为有用，本章也将采用。

十、地域

《古谣谚·凡例》所谓"以地为标题者"，便是此种。如"长安谣"、"京师谣"、"王府中谣"、"邻郡谣"、"二郡谣"、"天下谣"等。近世曲调，常以地域标题，如"泗州调"，"扬州小调"之类；又"粤讴"也当属此。歌谣集亦多以地域名，如《北京歌谣》、《吴歌甲集》、《粤东之风》、《台湾情歌集》等。

十一、时代

《古谣谚·凡例》里所谓"以时为标题者"，便是此种。如"尧时谣"，"周时谣"，"秦时谣"，"汉时谣"等。又如"古代歌谣"与"近代歌谣"之分，也属此种（见傅振伦先生《歌谣分类问题的我见》，《歌谣周刊》八四号）。将来材料若够，还可按照历史或朝代分类。

十二、职业

如山歌、秧歌、樵歌、渔歌、船歌、牧歌、农歌、采茶歌等；或夯歌，厂歌，春歌，成相歌等。前者多为情歌，后者则是本地风光（见傅振伦先生文）。

十三、民族

如傜歌、倮歌、僮歌、客家歌谣、疍家歌谣、倮倮歌谣等。

十四、人数

如独歌与和歌。

十五、效用

如廉泉先生《国粹教科书·诗经读本》卷上，依据孔子的话，以"可兴""可观""可群""可怨"四类为目；虽不是将《诗》三百篇整个地分类，但不失为一种分类法。这是以对于读者的影响为主的，所以我说是"效用"。

应用以上十五种分类标准，我们可以研究歌谣的各方面。就中前八项都是关于歌谣本身的，后六项是关于它们的背景的，末一项则是独立的。五、六、十四三项用处甚少；末一项则不易确定，所谓聊备一格而已。最有用的实在是一、二、三及九项里的民歌儿歌二分法。本章拟即以这种二分法为经，实质为纬，来讨论歌谣的分类。至于一、三两项，当别立专章研究。现在想先介绍中外几种实质分类法。

Kidson的民歌分类法

一　叙事歌

"最早的叙事歌是最古的民歌的遗形。"

二、情歌、神秘歌

"一切抒情诗里，爱情占第一位，民歌里自然不会是例外。"

"民间的歌者欢喜有神秘力的东西。"像《不安的坟墓》（The Unquiet Grave）便是这一种：

今天起了风，又有几点的小雨；我只有过一个真爱，伊已经睡在冰冷的坟里了。

我将同世上的少年人一般，去为我的真爱尽我的心；我将在伊坟上坐了哀悼，过十二个月零一日。

十二个月零一日已经过了，死人开口说道："谁坐在我的坟上哭泣，不给我安睡呢？"

"这是我坐在你的坟上，不给你安睡；因为我愿一接你土冷的嘴唇，这是我的唯一的愿心。"

"你愿一接我土冷的嘴唇；但是我的呼吸有土气息；倘若你一接我土冷的嘴唇，你的命便不久长。在那边绿的园里，我们先前散步的地方，见过的最美的花，已经干枯了剩了枝条了。枝条也干枯了，我们的心也一样的衰萎了；你且聊自消遣，等到神来叫你去罢。"（《新青年》八卷三号）

这是鬼歌。

三、牧歌

"它的主要的题目是乡村生活的快乐。"如剪羊毛歌、收获歌等。其中有少数是对唱的。

四、饮酒歌、滑稽歌。

五、剪径贼歌、小偷儿歌

"这些是他们入狱后，作以劝世的"；有些是职业的制歌人做出来的。

六、军士歌

逃军歌也包括在内。

七、海上歌

如《绿洲捕鲸谣》。

八、强募海军歌

"这些歌比前几种都富于戏剧性些。"强募海军是十八世纪的事。当时人民一夕数惊，留下极深的印象，所以有这种歌流传至今。歌中往往叙"女子上船找她的真心的爱人，用'金子'将他赎回。"

九、猎歌、运动歌。

十、劳动歌

因各种工作而异，或以整齐工作、或以减轻劳苦：如船歌、水手歌等。

十一、流传的颂歌

有宗教颂歌、节日颂歌两种。

十二、儿童游戏歌

"最简单，最特别，容易记忆；历代相沿，传讹最少。""这些公认为极古的歌。""有人说在里面可以看出异教的婚丧祭礼。"（《英国民歌论》五三——七八页）

Witham的叙事歌分类法　她依据　Francis James Child的《英吉利苏格兰叙事歌》（English and Scottish Popular Ballads），分叙事歌为十类：

一、谜语

二、家庭悲剧歌

英吉利苏格兰叙事歌中此种最多。所叙有被劫的新娘、私奔、逐夫、弃妇、争吵的弟兄、阴谋的母亲、暴虐的继母、妒嫉的婆婆、不义的仆人等。

三、挽歌

一种是生者哀悼死者的，一种是死者与生者作别的。

四、迷信歌

所叙是超自然的世界，如仙情人、魔术的变形，死人的回来等。

五、神圣传说歌

叙耶稣的事。此种不多。

六、传奇歌

这是歌工们所作。

七、滑稽歌

颇少。

八、新闻歌

即事成歌属。此种也不多。

九、纪年歌

这是边地（Border）的叙事歌，颂扬英吉利苏格兰间的边地里的侵略与战争。这些歌是较重要的。

十、绿林歌

所叙是侠盗，Robin Hood最著。

witham说以上各类是依着论理的次序排列的；年代的先后，也可约略依此次序定之。（《英吉利苏格兰叙事歌选粹》的引论）

民歌的其他分类法　还有人是主张这样分的，在民歌这种总名之下，可以约略分作这几大类：

一、情歌

二、生活歌

包括各种职业劳动的歌，以及描写社会家庭生活者，如童养媳及姑妇的歌皆是。

三、滑稽歌

嘲弄讽刺及"没有意思"的歌皆属之，惟后者殊不多，大抵可以归到儿歌里去。

四、叙事歌

即韵文的故事，《孔雀东南飞》及《木兰行》是最好的例，但现在通行的似不多见。又有一种"即事的民歌"，叙述当代的事情，如北地通行的"不剃辫子没法混，剃了辫子怕张顺"便是。中国史书上所载有应验的"童谣"，有一部分是这些歌谣，其大多数原是普通的儿歌，经古人附会作荧惑的神示罢了。

五、仪式歌

如结婚的撒帐歌等，行禁厌时的祝语亦属之，占候歌诀也应该附在这里。谚语是理知的产物，本与主情的歌谣殊异，但因也用歌谣的形式，又与仪式占候歌有连带的关系，所以附在末尾，古代的诗的哲学书都归在诗里，这正是相同的例子。

六、儿歌

儿歌的性质与普通的民歌颇有不同，所以别立一类。也有本是大人的歌而儿童学唱者，虽然依照通行的范围可以当作儿歌，但严格的说来应归入民歌部门才对。欧洲编儿歌集的人普通分作母戏母歌与儿戏儿歌两部，以母亲或儿童自己主动为断，其次序先儿童本身，次及其关系者与熟习的事物，次及其他各事物。现在只就歌的性质上分作两项：

（一）事物歌

（二）游戏歌

事物歌包含一切抒情叙事的歌，谜语其实是一种咏物诗，所以也收在里边。唱歌而伴以动作者则为游戏歌，实即叙事的扮演，可以说是原始的戏曲——据现代民俗学的考据，这些游戏的确起源于先民的仪式。游戏时选定担任苦役的人，常用一种完全没有意思的歌词，这便称作抉择歌（Counting Out Song），也属游戏歌项下。还有一种只用作歌唱，虽

亦没有意思而各句尚相连贯者，那是趁韵的滑稽歌，当属于第一项了。（见《歌谣》周刊中的《歌谣》一文）

顾颉刚先生儿歌民歌二分法，我想是根据这里的第六项的。

儿歌与民歌　本章采用儿歌民歌二分法为经，实质的分类为纬。民歌本只一义，今与儿歌对言，则与"成人的歌"相当，较原义狭得多（见钟敬文先生《孩子们的歌声》序）。至于儿歌，如前所说欧洲儿歌集通例，可分为母歌、儿歌两部。单言儿歌兼包两种，与母歌对举，则为儿童自作自唱之歌（亦见钟序）。一广一狭，正与民歌同。若将本是大人的歌而儿童学唱者，依照通行的范围，也当作儿歌，则儿歌的范围更广了。严格论之，这种是应归入民歌部门的。若像前说在滑稽歌项下"没有意思"的歌殊不多，大抵可以归到儿歌里去。那么，儿歌民歌的范围，有时是要相混的。所以这种二分法虽然有用，但要谨慎分析，才能周妥；不过有时虽谨慎分析，怕也未必能全然精确，那是只好做到那里是那里了。

儿歌　《儿歌之研究》（《歌谣》三三、三四号转录）中说儿歌是"儿童歌讴之词，古言童谣"。但自来书史记录童谣者，多信望文生义的荧惑说，列之于五行妖异之中。故所录几全为占验的及政治的童谣，童谣的范围于是渐渐缩减，而与妖祥观念相联不解。这个错误应该改正。我们须知占验的及政治的童谣，只是童谣的一部分，而不是它的全部。

又说：儿童学语，先音节而后词意，此儿歌之所由发生。……西国学者搜集研究，排比成书，顺儿童自然发达之序，依次而进，大要分为前后两级：

一、母歌

儿未能言，母与儿戏，歌以侑之。其最初者即为：

（一）抚儿使睡之歌　以啴缓之音，作为歌词，反复重言，闻者身体舒懈，自然入睡。如北京之抚儿歌：

我儿子睡觉了，我花儿困觉了，我花儿把卜了。我花儿是
个乖儿子，我花儿是个哄人精。

（二）弄儿之歌　先就儿童本身，指点为歌，渐及于身外之物。北
京有十指、五官及足五趾之歌（见美国何德兰编译《孺子歌图》），越
中持儿手，以食指相点，歌曰：

　　斗斗虫，虫虫飞，飞到何里去？飞到高山吃白米，吱吱哉！

又如《点点窝螺》，《车水咿哑》、《叉叉叉到外婆家》、《打荞
麦》，亦是。

　　叉叉叉，叉到外婆家。外婆留吃茶。姊姆懒烧茶，茶钟茶
　　匙别人家。水水水，水缸底里结莲花。（《越谚》）

（三）体物之歌　率就天然物象，即兴赋情，如越之《鸠鸣燕
语》、《知了喈喈叫》、《火萤虫夜红》。杭州亦有之，又云：

　　火焰虫，的的飞；飞上来，飞下去。

或云"萤火萤火，你来照我"，甚有诗趣。北京歌有《喜儿喜儿买豆
腐》、《小耗子上灯台》。《北齐书》引童谣《羊羊吃野草》，《隋
书》之《可怜青雀子》，又《狐截尾》，《新唐书》之《燕燕飞上
天》，皆其选也。复次为：

（四）人事之歌　原本世情而特多诡谲之趣。此类虽初为母歌，及
儿童能言，渐亦歌之，则流为儿戏之歌。如越中之《喜子窠》、《月亮
弯弯》、《山里果子联联串》，是也。

月亮弯弯，囡来望娘，娘话心肝肉居来哉，爹话一盆花居来哉，娘娘话穿针个肉居来哉，爷爷话拷背个肉居来哉。吾嬷见我归，襝起罗裙揩眼泪；爹爹见我归，拔起竹竿赶市去；娘娘见我归，耗得拐枝后园赶雄鸡；爷爷见我归，挑开船篷外孙抱弗及；嫂嫂见我归，镴笼镴笼镴弗及，哥哥见我归，关得书房假读书。

二、儿戏

儿童自戏自歌之词，然儿童闻母歌而识之，则亦自歌之。大较可分为三：

（一）游戏　儿童游戏，有歌以先之或和之者，与前弄儿之歌相似，但一为能动，一为所动为差耳。《北齐书》，"童戏者好以两手持绳拂地，而却上跳，且唱曰高末"，即近世之跳绳。又《旧唐书》"元和小儿谣云，打麦打麦三三三，乃转身曰，舞了也。"《明诗综》："正统中京师群儿连臂呼于涂曰，正月里狼来咬猪未。一儿应曰，未也。循是至八月，则应曰来矣，皆散走。"皆古歌之仅存者。今北方犹有"拉大锯""翻饼烙饼""碾磨""糊狗肉""点牛眼""敦老米"等戏，皆有歌佐之。越中虽有相当游戏，但失其词，故易散失，且令戏者少有兴会矣。其《铁脚斑斑》一歌，已见前章。看了那首歌的转变，就知儿童重在音节，多随韵接合，义不相贯，如《一颗星》及《天里一颗星树里一只鹰》、《夹雨夹雪冻杀老鳖》等，皆然。儿童闻之，但就一二名物，涉想成趣，自感愉悦，不求会通。童谣难解，多以此故。惟本于古代礼俗，流传及今者，则可以民俗学疏理，得其本意耳。

（二）谜语　古所谓"隐"，断竹续竹之谣，殆为最古。今之蛮荒民族犹多好之，即在欧亚列国，乡民妇孺，亦尚有谜语流传，其内容仿佛相似。菲律宾土人钓钩谜曰，"悬死肉，求生肉"，与"断竹续竹，飞土逐肉"之隐弹丸，同一思路。又犬谜曰，"坐时身高立时低"，乃与绍兴之谜同也。越中谜语之佳，如：

　　一园竹，细簇簇；开白花，结连肉。（稻）

　　天里一只篝，篝里一只蟹。（蜘蛛）

　　日里忙忙碌碌；夜里茅草盖屋。（眼）

　　皆体物入微，情思奇巧。幼儿知识初启，索隐推寻，足以开发其心思。且所述皆习见事物，象形疏状，深切著明，在幼稚时代，不啻一部天物志疏；言其效益，殆可比于近世所提倡之自然研究欤。

　　（三）叙事歌　有根于历史者，如上言史传所载之童谣，多属于此。其初由世人造作，寄其讽喻，而小儿歌之。及时代变易，则亦或存或亡，淘汰之余，乃永流传；如越谣之"低叽低叽，新人留带"，范啸风以为系宋末元初之谣，即其一例。但亦当分别言之。凡占验之歌，不可尽信。如"千里草，何青青"之歌董卓，"小儿天上口"之歌吴元济，显然造作，本非童谣。又如"燕燕尾涎涎"，本为童谣，而后人傅会其事，皆篝火孤鸣之故智，不能据为正解。故叙事童歌者，事后咏叹之词，与谶纬别也。

　　次有传说之歌，以神话世说为本，特中国素少神话，则此类自鲜。越中《曝曝曝》歌，其本事出于螺女之传说。

　　又次为人事之歌，其数最多。举凡人世情事，大抵具有，特化为单纯，故于童心不相背戾。如婚姻之事，在儿童歌谣游戏中，数见不鲜，而词致朴直，妙在自然。如北京谣云：

　　檐蝙蝠，穿花鞋；你是奶奶我是爷。

英国歌云：

　　白者百合红蔷薇，我为王时汝为妃。迷迭碧华芸草绿，汝念我时我念若。

皆其佳者。若淫词佚意，乃为下里歌讴，非童谣本色。盖童谣之中，虽间有俚词，而决无荡思也。（以上节录《儿歌之研究》）

褚东郊先生《中国儿歌的研究》（《中国文学研究》）的分类如下：

（一）催眠止哭的　二三岁小儿，所唱的大都是从他们母亲口里学来的催眠止哭之歌。如浙江杭县的：

> 又会哭，又会笑，三只黄狗来抬轿。一抬抬到城隍庙，城隍菩萨看见哈哈笑。

又中国家庭习惯，对于小儿，往往用食物以诱止其啼哭，因而儿歌里面也常有这种歌词。这虽是一种口惠而实不至的办法，但是在富于想像力的小儿听了，已经觉得津津有味。如黑龙江的《小孩小孩你别哭》歌，便是这个用意。

> 小孩小孩你别哭，过了腊八就杀猪。小孩小孩你别馋，过了腊八就是年。

（二）游戏应用的　儿童天性活泼，喜欢游戏。所以儿歌中关于游戏时应用的歌词很多。唱这种歌的儿童，年龄比较大一点，歌里面所含的意义，也比催眠止哭的要较深一点。有一人游戏时应用的，有二人游戏时应用的，也有三人以上游戏时应用的。如安徽合肥地方的小儿，常取柔软而且微细的鸡毛，用口吹之，使鸡毛上升，回旋空际，口中唱道：

> 鸡毛鸡毛上天去，你给老爷搬砖去。搬来金砖盖金殿，坐个天子万万年。

这是一人游戏时应用的儿歌。又如安徽绩溪地方的小儿，常以两人为一组，将手交叉握住，互相推来推去，作推磨的样子。他们一边推，一边口里唱道：

> 推车哥，磨车郎，打发哥哥进学堂。哥哥不曾念了三年书，一考考着秀才郎。前拜爹，后拜娘，一拜拜进老婆房。老婆不喜欢，一困困到床壁里。

这是二人游戏时应用的。又如云南昆明地方的儿童，常聚集十多个同伴，分为甲乙两队；甲队儿童两手高举，作城门状，乙队儿童鱼贯而前，与甲队互相问答而唱道：

> "城门城门有多高？""八十二丈高。""三千马兵可过得去？""有钱只管过，无钱耍大刀。""什么刀""春秋刀。""什么春？""草儿春。""什么草？""铁线草。""什么铁？""锅铁。""什么锅？""尺八锅。""什么尺？""官定尺。""什么官？""啄木官。""什么啄？""鸡屎两大撮。""什么鸡？""红冠大眼鸡。""什么红？""山红。""什么山？""泰华山。""什么泰？""波罗泰。""什么波？""池饭波。""什么池？""北门望着莲花池。""什么连？""衣裳裤子一把连。"

回答既毕，两队儿童即合唱道：

> 打鼓打鼓进城门。

于是乙队儿童便从甲队儿童的手下钻过去。这便是三人以上游戏时应用的。这种且演且歌的儿歌，也可以说是戏剧的起源。

三、练习发音

儿童初学语的时候，发音往往不能正确，非多加练习不可。练习的方法，最好是将声音相类似的事物，聚在一处，使之时加辨别。但是这种办法，很容易流于枯燥无味，不能得儿童的欢迎。惟有儿歌里有许多很美妙的歌词，不仅对于练习发音，非常注意；并且富有文学意味，迎合儿童心理，实在是儿童文学里不可多得的一种好材料。这类儿歌又叫做"急口令"或"绕口令"，在中国儿歌中很多。如浙江杭县的：

> 驼子挑了一担螺蛳，胡子骑了一匹骡子，驼子的螺蛳撞啦胡子的骡子，胡子的骡子踏啦驼子的螺蛳，驼子要胡子赔驼子的螺蛳，胡子又要驼子赔胡子的骡子。

全歌不过六十三字，而声音相类似的"驼子""螺蛳""胡子""骡子"四个名词，竟互用至二十次之多。并且假设一桩故事，使文字不至于呆笨，全歌的趣味更加浓厚。和这首歌堪相伯仲的，尚有江苏六合县流行的《六合县歌》：

> 六合县有个六十六岁的陆老头，盖了六十六间楼，买了六十六篓油，堆在六十六间楼，栽了六十六株垂杨柳，养了六十六头牛，扣在六十六株垂杨柳。遇了一阵狂风起，吹倒了六十六间楼，翻了六十六篓油，断了六十六株垂杨柳，打死了六十六头牛，急煞六合县的六十六岁的陆老头。

四、知识的

（一）数的观念　儿童的记忆，由听觉来的比由视觉来的强，所以有许多儿歌，便利用这一点，将儿童应具的知识灌输给他们。例如一至十的十个数目的名称和顺序，在成人看来并不觉得困难，但在儿童初学的时候，却不是一件容易的事。前引《一家人家》，可以为例。

（二）色彩的观念　儿童对于色彩的兴趣很强，有许多儿歌便利用这一点，将红、黄、蓝、白等字，用文艺的手段嵌在歌词里。如广东的：芽菜煮虾公。芽菜白，虾公红，红白相间在碗中；还有几条韭菜绿葱葱。

（三）草木鸟兽之名　自然界中的草木鸟兽，是儿童日常耳目所接触的东西，因之有许多儿歌是将草木鸟兽之名联缀成的。这种联缀而成的歌词，论理是很容易失掉文艺的风趣，成为记帐式的文字；但是事实上却竟大出我们的意外，不仅思想新奇，并且句调流利。这种艺术手段真令人佩服。如江苏的：

> 一个大嫂上正东，碰着一园青菜成了精。青头萝卜坐宝殿，红头萝卜掌正宫。河南反了白莲藕，一封战表进京城。豆芽菜跪倒奏一本，胡萝卜挂印去出征。白菜打着黄罗伞，芥菜前部作先行；小葱使的银战杆，韭菜使的两刃锋；牛腿瓠子掌大炮，青豆角子掌火绳。只听得，古碌碌，三声大炮响隆隆，打得茄子满身青，打得黄瓜一包刺，打得扁豆扯成篷，打得豆腐尿黄尿，凉粉吓得战兢兢。藕王一见心害怕，一头钻进稀泥坑。

和这首歌的命意相同的儿歌很多，如河北的《隔河看见牡丹花儿开歌》，也是很好的一个例：

> 隔河看见牡丹花儿开，恨不能连枝带叶折将来。水仙花的姐，丁香化的郎，芍药牡丹进绣房，槐花枕头兰菊被，腊梅花的被子闹洋洋。清早起来赛芙蓉，梳上头油桂花香，玉珍簪子秋海棠，身穿石榴红大袄，鸡冠裙子扫地长，红缎小鞋扁豆花儿样，春布裹脚牡丹花儿长。

这两首歌是将草木之名联缀而成。此外又有将鸟兽之名联缀而成的，如广东梅县的：

> 白饭子，白珍珠，打扮小郎去读书。正月去，二月归，开担箩篙等嫂归。归来花缸磨点水，鹅开水，鸭洗菜，鸡公舂谷狗踏碓，狐狸烧火猫炒菜，猴哥偷食糇巴载。

（四）（略）

（五）含教训意义的　这种大概是从谚语发展的。如湖北的：

> 慢慢耐，慢慢耐久也成功。哪有一锹掘成井？哪有一笔画成龙？

这首歌含有作事须具坚忍不拔的教训。又如四川的：

> 星宿子，密又稀，莫笑穷人穿破衣。十个指头有长短，山林树木有高低。苏家嫂，朱家妻，爱富嫌贫后悔迟。

这首歌含有反对爱富嫌贫的意义。和这首歌的意义相反的歌也很多，有一首《清明汤团歌》，是浙江杭县地方流行的，可以做一个例：

> 清明汤团绿汪汪，苏秦看见泪汪汪，有朝一日高官做，买些吃吃买些藏。

儿童幼时的见闻，影响于将来成人后的行为很大。儿歌为儿童日常所耳闻口习，其关系之重要，自不待言。所以一社会中流行的儿歌，富于冒险性质的，其国民亦多冒险精神；偏于利乐主义的，国民亦多利己思想。中国含有教训意义的儿歌，其教训究竟趋向于何方面，作者虽没有仔细统计过，但是大概看起来，恐怕是缺乏冒险精神吧。

（六）滑稽的　滑稽意义的儿歌也很多，如湖北的《倒唱歌》歌，内容非常诙谐：

> 倒唱歌，顺唱歌；河里石头滚上坡。先养我，后生哥；爹
> 讨妈，我打锣。家公抓周我捧盒；我走舅爷门前过，舅爷在摇
> 我家婆。

江苏有一首《反唱歌》歌，和这首歌的意义大约相同：

> 反唱歌，倒起头。我家园里菜吃牛，芦花公鸡咬毛狗。姐
> 在房中头梳手，老鼠刁着狸猫走。李家厨子杀螃蟹，鲜血淹死
> 王三姐。

滑稽过分，很容易流于轻薄，往往嘲笑他人以为乐事。儿歌中这种不道德的歌词也很多。儿童们以其歌词俏皮可喜，都乐以互相传授，为父母者，亦以游戏之辞，无伤大雅，不加禁止。如南京嘲笑鬎鬁的歌，便是这个例：

> 鬎鬁姐，鬎鬁郎；鬎鬁公婆来拜见，鬎鬁嫂嫂搀进房。拜
> 堂不用点蜡烛，一堂鬎鬁放毫光。

这类的歌各地都有，今略举几首，以见一斑。如湖北嘲笑矮子的《矮子矮》歌：

> 矮子矮，摸螃蟹。螃蟹上了坡，矮子还在河里摸。螃蟹上
> 了岸，矮子还在河里站。

又如浙江杭县嘲笑娘舅的《娘舅娘舅》歌:

> 娘舅娘舅,朝朝空手。喝酒像漏斗,吃饭像饿狗。吃得不
> 够,还要向我姆妈借当头。

(七)其他　(以上大部分系褚先生原文。)

何德兰《孺子歌图》序里说,他所搜集的中国儿歌中,有许多事情是与英美的相通的;他举出的是以下九种题材:一、昆虫;二、动物;三、鸟;四、人;五、儿童;六、食物;七、身体各部;八、动作,如拍、拧、呵痒等;九、职业、买卖、事务。——这个虽不完全,也可作一种分类论。

游戏歌与谜语　弄儿之歌及游戏歌,又可分为多种。兹据《孺子歌图》及钟敬文先生《儿童游戏的歌谣》(《民间文艺丛话》)述其概略:

一、面戏歌

《孺子歌图》载北京歌云:

> 排门儿。见人儿。闻味儿。听声儿。食饭儿。下扒壳儿。
> 胳肢胳儿。

何德兰在《中国儿童》(The Chinese Boy and Girl)里说父母或乳母唱此歌时,先以手点儿前额,次眼、鼻、耳、口、颊;至末二语,则呵儿之颈云。(二十八页)

二、手戏歌

前举《虫虫飞》,兹再举北京一歌:

> 大拇哥。二拇弟。钟鼓楼。护国寺。小妞妞,爱听戏。

何德兰说父母等唱此歌时，执儿手指，依次数之。又如：一抓金儿。二抓银儿。三不笑，是好人儿。

是呵痒的歌，也当属此。

三、足戏歌

《孺子歌图·足五趾歌》云：

> 这个小牛儿吃草。这个小牛儿吃料。这个小牛儿喝水儿。这个小牛儿打滚儿。这个小牛儿竟卧着，我们打他。

钟先生举黄朴所录的汉阳的一首云：

> 点点脚，鞋不落。乌龙麦，种荞麦，荞麦开花一望白。金脚，银脚，莲蓬，骨颈。葱花，皮条。叫大哥，叫三哥，拿手来，砍小脚！

原注云：群儿伸足列坐，其一人手持条，唱一句即点一脚，至砍小脚之句，则该脚即拟制的为被砍，须屈着。如是反复，至剩一足时，则主游戏者以双手掩斯儿之目，其他各儿自躲藏，同时主游戏者唱《躲紧躲》一首。

四、动作歌

如北京歌谣云：

> 喊得喊。喀得喀。你追我，我追他。（《孺子歌图》）

这是捉迷藏的歌。又钟先生引高要的歌谣云：

> 戒莲子，戒莲蓬，戒开莲子把何方？何方何便去，东方东

便来；九月九，齐齐树起菊花手，请个雷公来劈金斗！

辑者原注云：这首歌的戏法，比较是有秩序和灵活些，今述其情况如次：比方有六七个孩子们，要做这个玩意时，则几个孩儿，站在一列，一人发起拈手指，选定一个当指挥，一个当雷公，其余四五个孩儿，齐齐整整，横作一列。当指挥的站在队后，当雷公的，站在队前。横列的孩子们，都背着手，踏着足，一齐唱起歌来。唱到"戒开莲子"句，当指挥的暗以纸球或别物，投诸横列孩子们的手里。因为指挥在队后，雷公在队前，故雷公看不见指挥将物件放入谁人的手里。及大家唱到"齐齐树起菊花手"之时，一齐举两手立正（有时是一律举起一手的，看先前如何订定）。于唱"请个雷公来劈金斗"那一句，雷公近来审视，看察哪一只手上有指挥所给予的物品。审视妥当，一手捉去。如果是没有错，雷公的责任完了，被捉中的那一个就做了雷公，重复这个玩耍意。如果指挥不耐烦，辞职，可以由众再行推选。做雷公的，则不能辞职，要劈中物品，才可卸责。这首有唤起并整齐动作之用。

五、抉择歌

见前。

六、仿效人事的游戏的歌

钟先生说："儿童仿学人事的游戏，在中国比较普通的，如摇船、进城门等，类多附有歌词。摇船的，如：

摇大船，摆渡过。大哥船上讨新妇。讨个新妇会打面，打个面来细绢绢。下拉锅里团团转；捞拉锅里荷花片；吃拉嘴里香窜窜；撒拉坑里乌深深。乡下人弗晓得，捞起来，晒晒干；拿转去，骗骗小团团！"

辑者原注云：凡儿歌言摇船者，均系手接手推挽若摇船之状时所唱。进城门的戏法，各地很不相同，但其所唱的歌谣，似乎多一种互相问答的形式。云南昆明的一种，已见前。这类儿歌大约最多。

这类儿歌，若不知其用法，往往会当作普通儿歌。现在的普通儿歌中，必有从前是游戏歌，今天失去意义的。

谜语是"用韵语隐射事物，儿童以及乡民多喜互猜，以角胜负"。但在古代原始社会里，却更有重大的意义："谜语解答的能否，于个人有极大的关系，生命自由与幸福之存亡，往往因此而定。""在有史前的社会里，谜语大约是一种智力测量的标准，裁判人运命的指针。"（以上杂引《歌谣》一文）

《歌谣》中说，谜有三种：

一、事物谜

此类最多，物谜尤多。前已有此种例，兹另举如下：

> 大官有嘴勿肯响。（茶壶）二官无嘴关关响。（锣）三官有脚勿肯走。（桌）四官无脚到杭州。（船）

又如：

> 叫糖吃勿得。（家堂）叫锣敲勿响。（饭箩）叫米勿烧饭。（冻米）叫刀勿切菜。（剪刀）

事谜如：

> 水对竹家亲，浮家做媒人，钉家转了脚，害了吴家一家门。（钓鱼）（嘉兴俗读"吴"和"鱼"同音。）

二、字谜

如《说文序》所骂的"马头人为长，人持十为斗"，便是此种。又如北方流行的"亚"字谜云：

哑子没有口，恶人没有心，中有十字路，四面不能行。

（《歌谣》九四号）

三、难问

钟先生《广州谜语序》称为"诘难体"。他说：这本来是山歌的一种，严格点说。也许应当把它归入纯歌谣范围，但考其一问一答的情态，实是谜语的一种。我以为要恰切点，可以把它称为"谜歌"。因为它不但押韵，而且是具有韵律可唱的。这种谜歌，吾国东南各省如江苏、广东、云南等，民间都很为盛行；西北部各省，则似乎很少见到。我颇怀疑它与南部各种特殊民族的风俗有关。现拈出江苏、云南两省所流行的二首作例：

（一）啥人数得清天上星？啥人数得清鳜鱼鳞？啥人数得清江里浪？啥人数得清世上人？——唱。太白金星数得清天上星。姜太公数得清鳜鱼鳞。河白水三官数得清长江里浪，阎罗王数得清世上人。——答。

（二）什么团团团上天？什么团团海中间？什么团团街前卖？什么团团姊面前？——唱。月亮团团团上天。螺蛳团团海中间。簸箕团团街上卖。粉盒团团姊面前。——答。

中国的谜语有与他国相同的，前已举过。钟先生又举出《广州谜语》第一首：

细时四只脚，大来两只脚，老来三只脚。（人）

说这"分明是把希腊古代传说中司芬克斯拦路困难行人的谜改削成的"（见《歌谣》）。但这也很难说；"此心同，此理同"的事情，究竟也能有的。

民歌 兹以《歌谣》一文中的分类为主。

一、情歌

亦名恋歌。农歌、山歌、秧歌、牧歌、船歌、渔歌、樵歌、采茶歌等，凡和职业上无关系而只描写男女爱情者，也可归入此类。如吴歌云：

> 结识私情东海东，路程遥远信难通。刚要路通花要谢，路通花谢一场空！
>
> 结识私情恩对恩，做双快鞋送郎君；薄薄哩个底来密密哩扎，情哥郎着子脚头轻！ （《甲集》七三页）

又如《她的意中人》女唱云：

> 嫁郎莫嫁读书郎！暮暮朝朝叹冷床。日夜相思郎唔转；只见一堆秽衣裳。

男答云：

> 嫁郎爱嫁读书郎！有理无理先生娘。有日丈夫高中转，好好歪歪官人娘。 （丘峻《情歌唱答》）

又如河南的《思夫梦醒歌》，用了许多的地名，是一首特殊的歌：

> 绡窗外，月正东，小奴房中冷清清；两块铁马丁当响，小奴房中点着灯。一更一点梦中情，我往河南找永成。虞城有鱼虞城过，路打柘城问汝宁。好商城，到商城，向项城；归德府久几不见面，陈州伤心到二更。二更哩，到永宁，雪插牌坊到偃城；相爷府，东西行，东京城里听三更。三更哩，到磁州，

俺家卫辉泪交流，钧州许下四更头。四更哩，到光山，西京路
上共淅川，西里有个娘娘庙，黄河两沿缺载船。五更哩，明了
天，河南八方找个遍，没见丈夫什么面。（《歌谣》十四）

又如《江阴船歌》云：

今朝天上满天星，明朝落雨勿该应。我情哥出门分带顶雨
伞，一身细皮白肉也伤心。（《歌谣》二四）

二、生活歌

（一）家庭生活歌　这种歌大抵是咏妇女的，殆多为妇女所自作。
刘经菴先生有《歌谣与妇女》一书，专论此种。其范围颇广，兹举其重
要者论之。如婚姻、姑妇、姑嫂、妻妾、继母、童养媳，都是常有的例
子。吴歌《太太长》云：

"太太"长，"太太"短，"替嗯笃小姐做媒人。"问
"俚笃男家哪光景？""开爿粮食店，标标致致小官人，一笔
写算甚聪明。"八月廿四来送盘，十二月廿四来讨小姐去。前
头一顶破凉伞，后头两盏破鬶灯，抬到男家冷冰冰。一拜天，
二拜地，三拜家堂和合神，四拜夫妻同到老。红绿牵巾进房
门，坐床，撒帐，挑方巾。新娘娘偷眼看看新官人：新剃头来
黑沉沉，眉毛好像板刷能，髭须好像甘蔗能，头颈里生满子栗
子筋。细细能一打听，就是隔壁打米师父无锡人。害得小姐一
生一世弗称心。（《甲集》六三页）

这是婚姻的歌。武清姑妇的歌云：

小老鸹，尾巴长，娶了媳妇忘了娘。老娘要吃焦烧饼，靡

有闲钱补笊篱；媳妇要吃大秋梨，明儿后儿去赶集。打了把，削了皮，梨核儿扔在灶火里，"老娘看见了不的"。

北京姑嫂的歌云：

> 红葫芦轧腰儿，我是爷爷的爱娇儿，我是哥哥的亲妹子，我是嫂子的气包儿。"爷爷，爷爷陪什么？""大箱子、大柜陪姑娘。""奶奶，奶奶陪什么？""针钱笸箩陪姑娘。""嫂子，嫂子陪什么？""破坛子，烂罐子，打发那丫头嫁汉子！"（《歌谣》八）

又妻妾的歌云：

> 南山顶上草一棵，为人不说两老婆；说的多了光打仗，打起仗来闹呵呵。有心待把大的打，大的来得年数多；有心待把小的打，点胭脂搽粉儿来哄我。大的小的一齐打，满家孩子乱吵窠；大的小的都不打，街坊邻居笑话我。（同上）

又继母的歌云：

> 小白菜，地里黄，三岁两岁离了娘。好好跟着爹爹过，又怕爹爹娶后娘。娶了后娘三年整，养了个弟弟比我强：他吃饭，我泡汤，哭哭啼啼想亲娘。（同上）

又童养媳歌云：

> 有个大姐正十七，过了四年二十一；寻个丈夫才十岁，她比丈夫大十一。一天井台去打水，一头高来一头低，不看公婆

待我好，把你推到井里去。（同上）

此外，如湖南华容的《裹脚》也属此类：

> 裹脚呀，裹脚，裹打脚，难过活。脚儿裹得小，做事不得了；脚儿裹得尖，走路只喊天；一走，一蹩，只把男人做靠身砖。

（二）社会生活歌　如北京歌谣云：

> 出了门儿，阴了天儿；抱着肩儿，进茶馆儿；靠炉台儿，找个朋友寻俩钱儿。出茶馆儿，飞雪花儿；老天爷，竟和穷人闹着玩儿！（韦大列《北京歌唱》）

江苏涟水有《卖货郎》歌云：

> 卖货郎，无事不到我大庄。今儿到我庄，买你篦子七八张；买你大针衲大底，买你二号针擖樱桃，买你三号针洒翠花；买你膏粉搽白脸，买你胭脂淡嘴唇。七买七件小红袄，八买飘罗带，九买小罗裙，十买十根小花针。（《歌谣》二二）

这都是咏社会上或一种人的。又咏风俗的歌也当属此，如北京的婚姻歌云：

> 娶媳妇儿的门口儿过：宫灯、戳灯十二个，旗、锣、伞、扇站两旁，八个鼓手作细乐。轿子抬着姑娘走，抬到婆家大门口；进门儿，入洞房，去会小新郎。过了三年并二载，丫头、小子没处儿摆！（《歌谣》五七）

又如朱天民《各省童谣集》所载《新年》云：

新年来到，糖糕祭灶。姑娘要花，小子要炮，老头子要戴新呢帽，老婆子要吃大花糕。

（三）职业歌

兹举数例于下，以涉及职业的为主：

甲　农歌　《豳风七月》即是此种。安福十二月歌云：

正月冬冬兵。二月满陇青。三月细细过。四月有麦熟。……六月有登圃。七月检棉花。八月朝菩萨。九月收荞麦。十月有豆吃。十一月做整钱。十二月好过年。（《歌谣》二二）

乙　渔歌　如云南的：

爹爹呀，拿着小鱼锅中煎，拿着大鱼街前卖；卖了买两条好篾带点老草烟。（《歌谣》四九）

丙　船歌　如江阴船歌：

新打大船出大荡，大荡河里好风光。船要风光双支橹。姐要风光结识两个郎。（《歌谣》二四）

丁　樵歌　如嘉应樵歌：

碟子种葱绿分浅，匾柴烧火炭摩圆；哑子食着单只筷，心想成双口难言。（《歌谣》十四）

戊　采茶歌　如贵州鳛水《采茶歌》云：

三月采茶茶叶青，奴在家中织手巾；中间织起茶花朵，两头织起采茶人。（《歌谣》五）

己　商人歌　如云南的：

行商做贾，卖点水豆腐。哪日时运来？银子不用等福，铜元铜钱不使手数。（《歌谣》四九）

庚　军人歌　如云南的：

当兵好，当兵乐，出出进进奏军乐。一下一下升大了，全靠我家祖宗三代保佑着。（同上）

三、滑稽歌

可分嘲笑的、颠倒的、趁韵的三种；儿歌中尚有咒骂的一种。儿歌中颇多滑稽歌，前已述及。大约因为儿童们没有什么顾忌，所以多一四两种；又因为他们思想不发达，所以也多二三两种吧。兹取不类儿歌者为例：

（一）嘲笑的　吴立模先生有《苏州的嘲笑诅骂的歌谣》一文（《歌谣》五三），其中的分类我觉得有些可以一般地应用。现在参酌用之，暂定嘲笑的歌谣为三类：

甲　关于形貌方面的　如吴歌嘲面麻云：

鸡啄西瓜皮。翻转石榴皮。雨落灰堆里。钉鞋踏烂泥。（见吴先生文中，下同。）

又嘲瞎子云：

> 瞎子瞎连牵，拾着一个小铜钿，买对瞎蜡烛，点拉瞎门前，拨拉瞎风吹隐子，瞎得勿能点。

又嘲肥人云：

> 肥，虚气，臭肚皮。容易出蛆。马怕，狗欢喜。施棺材压脱底。拖坏牢洞重新砌。

这是一首通俗的宝塔诗。

乙　关于职业的　如嘲笑卖青盐豆腐干的云：

> 青盐豆腐干，今年卖勿完；卖到开年二月半，还剩一担豆腐干。

这是模仿卖青盐豆腐干的叫卖的声调。

丙　关于家庭的　如陕西的《红缨桃》云：

> 这山更比那山高，那山一树红樱桃。哥哥担水妹妹浇，卖下钱了娶嫂嫂。娶下嫂嫂巧的太，三天上一裤子腰。（《歌谣》六）

又如河南邓县《懒婆娘》云：

> 懒婆娘，懒的惯，成日不做针和线。针线筐，鸡下蛋；锅台蚂蚁连成串。（《歌谣》十七）

（二）颠倒的　如湖南龙山的《扯谎歌》云：

> 自从未唱扯谎歌，风吹石头滚上坡。去时看见牛生蛋，转来看见马长角。四两棉花沉了水，一副磨子泅过河。（《歌谣》二一）

（三）趁韵的　如《各省童谣集》所载《麻野雀》云：

> 麻野雀，就地滚，打的丈夫去买粉。买上粉来她不搽，打的丈夫去买麻。买上麻来她不搓，打的丈夫去买锅。买上锅来她嫌小，打的丈夫去买枣。买上枣来她嫌红，打的丈夫去买绳。买上绳来她上吊，急的丈夫双脚跳。

这一首文字上虽有联络，论理上却无联络，所以只是一首滑稽的趁韵歌。

四、叙事歌

（一）故事歌　口传的歌谣中，这种极少，正如中国诗歌缺少叙事诗一样。但唱本中却有。兹引河南唱本《孟姜女哭宛城》为例，其第一段云：

> 说贤良来道贤良，欲知贤良住哪方。有一人姓许称员外，江宁县的有家乡。老员外骡马成群牛羊广，楼房瓦舍明晃晃。他田地千顷无儿子，缺少坟前拜孝郎。老员外济福好行善，修桥补路舍药方，五黄六月舍茶水，冬舍棉衣夏舍单。老员外行善多许久，天生一女占了房。三天抱出起名讳，他与小姐认干娘，他爹姓许来娘姓孟，认了个干娘本姓姜，按着三姓起名讳，取名就叫许孟姜。（《歌谣》七六）

孟姜女的故事是个极大的故事；叙述它的唱本怕不在少。

（二）即事歌　前章所举《电车十怕》，即属此种。又如民国初元，有关于剪发的三种歌，其一云：

> 宣统番烧，小秃子要挨刀。（《歌谣》四七，下同）

这是一种愚顽的保守的心理的表现。同时有一首相反的歌：

> 宣统退位，家家都有和尚睡。

这是另一面的开通的心理。那时这两种心理都有相当的势力。后来大局定了，剪发已不成问题了，却仍有歌云：

> 大总统，瞎胡闹，一帮和尚没有庙。

这只是嘲笑剪发的人，聊以泄愤而已。

（三）景致歌　这种虽与叙事略有分别，但性质仍可说是相同的。小曲中多此种，如《民歌研究的片面》中所举《杭州景致》第一段云：

> 闲暇无正经呀，唱支杭州景。杭州格景致多得无淘成呀。
> 目今没，不比格是前清呀。诸公那的先听没杭州十城门。

五、仪式歌

（一）嘏辞　这是魏建功先生定的名字。他说他们家乡如皋"有一种风俗，凡在每件喜事——嫁娶、建筑，……和特别的时节——当然是新年——都有说'嘏辞'的习惯。说'嘏辞'的人都是男女佣工、喜娘、'盘头'、匠人，其意在说几句吉利话，讨主人的欢喜，好得几个赏钱。但是人们有时单独的也说，那不过是为自己的吉祥。'嘏辞'的语句，自然是叶韵的，随口说出，滔滔不绝……其内容不外发财、多子孙、做官、长生不死”（《歌谣》七二）。他说的情形，大概各处都有的。如结婚时“撒帐”的仪式本“是为避煞而有的，也是为多子与长命的祝祷而有的”（《吴歌甲集》一四二）。刘策奇先生述广西象县的撒帐仪式云：新娘进新房后，就同新郎在新房窗前“拜米斗”（以一斗盛米，上置铜钱一吊〔千文〕，插尺子一枝，红烛一对，线香九枝），“交拜”，“食交杯酒”，新郎扯米斗上之尺，掀开新娘盖头之红布置床顶，顺手打新娘三下，众人拥他和她去“坐床”。拜米斗时之祭品，食交杯酒之下酒物，就是女家备来的一个“全盒”，内装瓜子、落花生、龙眼、荔枝……。坐床后，由一好命的（有钱、有子孙、夫妇尚成双的）妇人，将全盒内之瓜子撒播于新床四面，引诱一班小孩上床抢夺，以增热闹。当播撒时，也要说些䜷辞（即是吉利语），如：

> 撒帐东，床头一对好芙蓉。撒帐西，床头一对好金鸡。撒帐北，儿孙容易得。撒帐南，儿孙不打难。……五男二女，七子团圆；床上睡不了，床下打铺连；床上撒尿，床下撑船。

这“完全是多子的祝祷了”（同上一四二、一四三）。又如魏先生所说，旧历元旦女工扫地，起初三下都向门里扫，诵歌云：

> 一扫金，二扫银，三扫聚宝盆。

（二）诀术歌　这似乎是钟敬文先生定的名字。以禁厌歌为多，尤以关于儿童的流行最多。如黄诏年先生《孩子们的歌声》里所载的：

> 拍拍胸，三年不伤风。拍拍背，十年不生瘰。摩摩头，保养脑子想理由。

又如南阳的一首：

> 揉揉疙疸散，别教老娘见。老娘见了一大片。（《歌谣》
> 六五）

这是小孩子摔了跟头，跌起疙疸，给他揉的人口里说的。又如刘策奇先生所引治鱼骨歌及说明云："小儿食鱼，每每被鱼刺（即鱼骨）卡喉（即梗塞）。倘遇此不幸之事，可将饭一团，以食指在上面画一井字，一边画一边唱（即画一笔唱一句）。

> 横画，直画；即食，即下。

将它给患者食，可把鱼刺一齐吞下，灵验非常。"（《歌谣》七四）

这是附带着一种方术的。还有写在纸上的，也当属此。又如小儿夜啼，家里人就用红纸写上下面一歌，待至更深夜静，乘人不知，贴在通衢大道的树上或墙上。

> 天皇皇，地皇皇；我家有个哭夜郎。行路君子念三遍，一
> 觉睡到大天亮。（《歌谣》七四）

此外不关儿童的，如魏建功先生所举的，患伤风者在纸上写下下面两句，让人看了，他便会好了：

> 上洋新到重伤风，一看就成功。（《歌谣》六五）

又如阴历五月五日，人往往在纸上写上下面两句，贴在墙上，以为禁厌：

> 五月五日午时送百虫，一送影无踪。（同上）

这一类的歌谣，或名为"医事的歌谣"，或名为"迷信的术语"，或名为"奶母经"；末一种是专指关于儿童的那些而言。

六、猥亵歌

民国十二年十二月十七日出版的《歌谣纪念增刊》上有《猥亵歌谣》一文，说"算作搜集这类歌谣的一张广告"。又说："非习惯地说及性的事实者为猥亵。在这范围内，包有四个项目，即一、私情，二、性交，三、肢体，四、排泄。有些学者如德国的福克斯（Fuchs），把前三者称为'色情的'，而以第四专属于'猥亵的'，以为这正与原义密合。但平常总是不分，因为普通对于排泄作用的观念，也大抵带有色情的分子，并不只是污秽。"第一种可入情歌类，余下还有三类；据现在所知，大概只有小曲里有这些：

（一）关于性交的歌　如《民歌研究的片面》中所举《打牙牌》、《洗菜心》、《摘黄瓜》，《姑娘卖花鞋》等。

（二）关于肢体的歌　如《十八摸》。

（三）关于排泄的歌　如《民歌研究的片面》里所举的《踏蹋五更调》。

七、劝戒歌

如前所举褚东郊先生文中，"含教训意义的"歌，即应入此类。又第二章中说及的"佛偈子"，有些也当属此。

以上的分类是以近代歌谣为准。因为古歌谣留存的太少；而且往往是为了适合历史的和占验的目的，才被收录的。但这些分类法，也只能做一种参考；常惠先生说得好，"我们研究歌谣，要就歌谣来论歌谣"（《歌谣》十七）。现在已经搜集、整理的歌谣还不多，完密的分类是还做不到的。

五　歌谣的结构

重叠的表现法　清水先生《谈谈重叠的故事》里说："妇人与儿童，都是很喜欢说重叠话的，他们能于重叠话中每句说话的腔调高低都不相同；如唱歌吟诗般的道出来，煞是好听。"（《民俗》廿一、廿二期合刊）

顾颉刚先生在《论诗经所录全为乐歌》（上）里也说："对山歌因问作答，非复沓不可。……儿歌注重于说话的练习、事物的记忆与滑稽的趣味，所以也有复沓的需要。"（《北京大学研究所国学门周刊》十）钟敬文先生研究所收集的《畲歌》，说："这种歌每首都有两章以上复叠的，全部几乎没有例外。……这种歌的回环复沓，不是一个人自己的叠唱，而是两人以上的和唱，我又想到对歌合唱，是原人或文化半开的民族所必有的风俗，如水上的疍民。山居的客人，现在都盛行着这种风气，而造成了许多章段复叠的歌谣。"（《民间文艺丛话》一四五页）

这似乎与第二章里所引Grimm说有些相像。在英吉利苏格兰的歌谣里，这种表现法也是最重要的表现法，和在我们的歌谣里一样。关于这种表现法，有许多议论。现在只举Pound一说，以供参考；她论重章云："一般民歌都有重章叠句，这极像是因民众保存而发展的结果，不是各歌的本形。……重章易于记忆，且极便民众参加歌唱。"（原书一三五

页）

这样说，重叠不像是原始的东西了；这与Gummere等正宗的说法及钟先生之意，都不相合的。而顾颉刚先生还有一个很不同的意见，他说："乐歌是乐工为了职业而编制的，他看乐谱的规律比内心的情绪更重要；他为听者计，所以需要整齐的歌词而奏复沓的乐调。他的复沓并不是他的内心情绪必要他再三咏叹，乃是出于奏乐时的不得已。"（《北大国学门周刊》十）他又说："徒歌是民众为了发泄内心的情绪而作的；他并不为听众计，所以没有一定的形式。他如因情绪的不得已而再三咏叹以至有复沓的章句时，也没有极整齐的格调。"（同上）他依据种种材料，得出上面的结论；这样断定"《诗经》所录全为乐歌。"

以上所论，可综为三说：一、重叠是个人的创作；二、它是合唱的结果；三、它是乐工所编制。关于末一说，我要指出，Gummere等的学说是恰相反的。Witham说和声是"群众的证据"。但许多古叙事歌里，怎么却没有叠句呢？她以为叙事歌的结构在进化时，将它失掉了。她说："合唱衰微，单独的歌者得势时，合唱的要素——和曲——就渐渐失其效用了。他们爱唱不唱……再后来记载盛而口传衰，叙事歌便只留着那叙述的部分；叠句则因为妨碍故事的发展，渐渐地淘汰了。"她说重章在叙事歌中更为普遍，因此消灭也较缓些。

我于一、二两说，以为都能言之成理，但于三说则很难相信。Witham所说固可供我们参考，而近代的歌谣以至故事中重叠表现法之多（看清水先生《谈谈重叠的故事》），更足为我们佐证。（参看第三章）

重叠的格式　兹就今所知者，按照论理的顺序，列举如下。其时代的先后，则无从详考，姑从阙略。

一、无意义的重叠

最早的及最简单的歌谣，如舞曲及儿童游戏歌，多系此种重叠；全以声为用，大约只用极少几个字，反复成篇。如《乐府》五十四所载《巾舞歌诗》古辞云：

　　吾不见公莫时吾何婴公来婴姥时吾哺声何为茂时为来婴当
恩吾明月之土转起吾何婴土来婴转去吾哺声何为土转南来婴当
去吾城上羊下食草吾何婴下来吾食草吾哺声汝何三年针缩何来
婴吾亦老吾平平门淫涕下吾何婴何来婴涕下吾哺声昔结吾马客
来婴吾当行吾度四州洛四海吾何婴海何来婴四海吾哺声熇西马
头香来婴吾洛道五吾五丈度汲水吾噫邪哺谁当求儿母何意零邪
钱健步哺谁当吾求儿母何吾哺声三针一发交时还弩心意何零意
弩心遥来婴弩心哺声复相头巾意何零何邪相哺头巾相吾来婴头
巾母何何吾复来推排意何零相哺推相来婴推非母何吾复车轮意
何零子以邪相哺转轮吾来婴转母何吾使君去时意何零子以邪使
君去时使来婴去时母何吾思君去时意何零子以邪思君去时思来
婴吾去时母何何吾吾

这是很古的一首舞曲。郭茂倩引《古今乐录》，说是"讹异不可解"。
徐嘉瑞先生说，"全篇都是以声组成，十分调合。……好像一调音乐
谱。"（《中古文学概论》一三六页）又如开封有一首歌云：

　　腰呀，腰呀，腰呀，梅。（《歌谣》三十）

大约系儿童游戏歌，但已不详其戏法，因而便全不可解了。这种歌用以
帮助与节制动作，所以全然不重意义。
　　二、重章叠句
　　古今歌谣，最多此种。这又可分为三类：
　　（一）复沓格　这完全是声的关系，为重叠而重叠，别无旨趣可
言。诗三百篇中，此类甚多。如《鄘风·桑中》云：

　　爰采唐（麦，葑）矣，沫之乡（北，东）矣。云谁之思？

美孟姜（弋，庸）矣！期我乎桑中，要我乎上宫，送我乎淇之
上矣！

顾颉刚先生说："这是一首情歌，但三章分属在三个女子，……而所
期、所要、所送的地点，乃是完全一致的。……况且姜、弋、庸都是贵
族女子的姓（姜为齐国贵族的姓；弋即姒，为莒国贵族的姓；庸为卫国
贵族的姓。钱大昕说）；是否这三国的贵族女子会得同恋一个男子，同
到卫国的桑中和上宫去约会，同到淇水之上去送情郎？这似乎……是不
会有的事实"（《北京大学国学门周刊》十一）。我以为这三个女子名
字，确是只为了押韵的关系；但我相信这首歌所以要三叠，还是歌者情
感的关系，并非乐工编制。他心里有一个爱着的或思慕的女子，反复
歌咏，以写其怀。那三个名字，或者只有一个是真的，或者全不是真
的——他用了三个理想的大家小姐的名字，许只是"代表"他心目中的
一个女子。

近代歌谣中，这种也不少。又如《鹑之奔奔》云：

鹑之奔奔，鹊之疆疆。人之无良，我以为兄！
鹊之疆疆，鹑之奔奔。人之无良，我以为君！

这里第二章首二句只将第一章首二句颠倒一下，是复沓的又一格。

有些歌谣虽也用此格，却不如此完全与整齐。往往数章中只复沓
一二章，如前举《卷耳》的中二章便是。或只在一二章内复沓一二句，
如《诗·召南·何彼秾矣》共三章，只前二章首句俱作"何彼秾矣"，
余都不重叠。又如《邶风·击鼓》共五章，只末章是重叠的表现：

于嗟阔兮，不我活兮！于嗟洵兮，不我信兮！

这便只能算是叠句了，其纯为叠句的，如《孺子歌图》四二页所载一歌云：

拉拉黑豆，拉拉黄豆，点灯没日头。

前两行只有一字不同。又同书四三页歌云：

玲珑塔，塔玲珑，玲珑宝塔十三层。

前两行是颠倒的重叠（非回文），后一行仍重叠前两行，但加了些意思，将句子拉长了。又如《召南·江有汜》首章云：

江有汜。之子归，不我以；不我以，其后也悔！

两句"不我以"完全重叠，与上又微异。

（二）递进式　递进是指程度的深浅、次序的进退而言（看《歌谣》四一）。但我虽用递进称这一式，却不能严格地解释；只这一式重叠到末一次，必有一个极点或转机，是它的特色。《诗·郑风》中的《将仲子》，便是一例。兹举绩溪的《红云嫁黑云》一首：

红云嫁黑云，一嫁，嫁到头重门；一碰，碰着丈人亲：你家女儿有个病。我家女儿什么病？抬起头来头痛病，低倒头来就发晕，三餐茶饭不殷勤，接你丈人递茶递水实殷勤。丈人是个种田人，离不得，种田门。

一嫁，嫁到二重门；一碰，碰着丈母亲：你家女儿有个病。我家女儿什么病？抬起头来头痛病，低倒头来就发晕，三餐茶饭不殷勤，接你丈母递茶递水实殷勤。丈母是个管家人，离不得，管家门。

一嫁，嫁到三重门；一碰，碰着舅舅亲：你家妹妹有个病。我家妹妹什么病？抬起头来头痛病，低倒头来就发晕，三餐茶饭不殷勤，接你舅舅递茶递水实殷勤。舅舅是个读书人，离不得，读书门。

一嫁，嫁到四重门；一碰，碰着舅姆亲：你家姑娘有个病。我家姑娘什么病？抬起头来头痛病，低倒头来就发晕，三餐茶饭不殷勤，接你舅姆递茶递水实殷勤。舅姆是个绣花人，离不得，绣花门。

一嫁，嫁到五重门；一碰，碰到小姨亲：你家姐姐有个病。我家姐姐什么病？抬起头来头痛病，低倒头来就发晕，三餐茶饭不殷勤，接你小姨递茶递水实殷勤。姐夫不嫌带我走，梳妆打扮出房门。

小姨走出门，珠花头髻抖伶伶。小姨行过桥，珠花头髻抖摇摇。小姨行上岭，珠花头髻抖凛凛。小姨行到家，珠花头髻抖罗罗。

骚妹妹，臭妹妹！千日万日不到姐家来，今日空双空手骚到姐家来。堂前三斤锁匙四斤印，交与你骚妹妹，臭妹妹！房里三斤锁匙四斤印，交与你骚妹妹，臭妹妹！（《歌谣》七）

这一首里有三种重叠的表现：前一种是递进的，从丈人起，依次说到丈母、舅舅、舅姆、小姨，由尊而卑，由疏而亲（歌意如此）；到小姨这一段，便是极点或转机了。后二种，一是铺陈的（见后），一是复沓的。一首歌里有三种重叠，可见重叠对于歌的关系是怎样密切。其数章中只重叠一二章者，如《诗·周南·关雎》云：

关关雎鸠，在河之洲；

窈窕淑女，君子好逑。

参差荇菜，左右流之；

窈窕淑女，寤寐求之。

求之不得，寤寐思服；

悠哉悠哉，辗转反侧。

参差荇菜，左右采之；

窈窕淑女，琴瑟友之。

参差荇菜，左右芼之；

窈窕淑女，钟鼓乐之。

这二、三两章是递进式。其只在一二章内重叠一二句的，如《诗·卫风·氓》的第三章首二语云：

桑之未落，其叶沃若。

第三章则云：

桑之落矣，其黄而陨。

其只叠句者，如歌谣云：

蒲龙子车，大马拉，哗啦，哗啦，到娘家。爹出来，抱包袱；娘出来，抱娃娃；哥哥出来抱匣子；嫂嫂出来一扭挞。"嫂子，嫂子你别扭，当天来，当天走，不吃你饭，不喝你酒。"（《歌谣》八）

这里"爹出来"四行，也是递进的。又如：

大秃子得病，二秃子慌。三秃子请大夫，四秃子熬姜汤。五秃子抬，六秃子埋。七秃子哭着走进来。八秃子问他"哭什么？""我家死了个秃乖乖，快快儿抬，快快儿埋！"

这是递进的数字儿歌。

（三）问答式　所谓"对山歌"的便是，这种歌因问作答，便成了重叠的形式。其一问一答的，如前所举《啥人数得清天上星》。其用连锁式或递进式的问答的，蝉联而下，可至无穷。如四川酉阳的一首云：

山歌好唱口难开。林檎好吃树难栽。

大米好吃田难办。鲜鱼好吃网难抬。

〔其二（问）〕

什么人说，山歌好唱口难开？

什么人说，林檎好吃树难栽？

什么人说，大米好吃田难办？

什么人说，鲜鱼好吃网难抬？

〔其三（答）〕

歌师傅说，山歌好唱口难开。

栽花娘说，林檎好吃树难栽。

庄家老说，大米好吃田难办。

打鱼郎说，鲜鱼好吃网难抬。

〔其四（问）〕

哪里得见歌师傅？

哪里得见栽花娘？

哪里得见庄家老？

哪里得见打鱼郎？

〔其五（答）〕

山林得见歌师傅。

花园得见栽花娘。

田中得见庄家老。

河下得见打鱼郎。

〔其六（问）〕

歌师傅穿的什么衣什么鞋？

栽花娘穿的什么衣什么鞋？

庄家老穿的什么衣什么鞋？

打鱼郎穿的什么衣什么鞋？

〔其七（答）〕

笼鞋蹋袜歌师傅。

鞋尖脚小栽花娘。

捞脚扎手庄家老。

伸头缩颈打鱼郎。（《歌谣》十五）

这里第一节是用铺陈式（见后）的重叠，引起以下三问三答，与一问一答的只有问答不同。又末节是不重叠的。又第一问与第二问是连锁的，第三问是另起一头。

儿歌里的"对句"，也属此种。如吴歌《碰碰门》云：

碰碰门。"落个？""隔壁张小大。""做啥？""逗火。""逗火做啥？""寻引线。""寻引线做啥？""补叉袋。""补叉袋做啥？""甩石子。""甩石子做啥？""磨刀。""磨刀做啥？""劈篾。""劈篾做啥？""做蒸笼。""做蒸笼做啥？""蒸馒头塌饼。""蒸馒头塌饼做啥？""拨拉阿娘吃。""阿娘住拉落里？""住拉天上。""纳亨上去？""一步金车，一步银车，伊哩挨拉摇上去。""纳亨下来？""拿两条红绿丝线，拉阿娘奶奶头上宕下来。"

"回个啥物事？""回个烂橘子。""烂橘子介？""半路上嘴干吃脱哉。""核呢？""种子树哉。""树呢？""做子扁担哉。""扁担呢？""前门撑撑，后门撑撑，撑断哉。""断扁担呢？""烧子灰哉。""灰呢？""沃子田哉。""田呢？""卖子铜钱银子哉。""铜钱银子呢？""讨子花花新妇哉。""花花新妇呢？""东亦淘米，西亦汰菜，拨拉红眼睛野猫衔子去哉。"

"红眼睛野猫呢？""汤罐里偷水吃沉杀哉。""汤罐呢？""换糖老老换子去哉。""换糖老老呢？""爬墙头看戏跌杀哉。""啥人搭俚哭？""蚊子嗡哩嗡哩搭俚哭。""啥人搭俚戴孝？""白头公公搭俚戴孝。""啥人搭俚扛棺材？""长脚蚂蚁扛棺材。"（《甲集》二七至三〇页）

这歌也没有韵，与前一首一样，但句法是参差的。歌中分三段，用连锁式，但与前一首又有分别。前一首四句一转，此首则逐句蝉联而下，可称为"接麻式"（见后）之一种。对句也有不用问答式的，但形式仍是相似，无庸另列一类。

北京儿歌有一首云：

拍！拍！"谁呀？""张果老哇。""你怎么不进来？""怕狗咬哇。""你胳肢窝夹着什么？""破皮袄哇。""你怎么不穿上？""怕虱子咬哇。""你怎么不让你老伴儿拿拿？""我老伴儿死啦。""你怎么不哭她？""盆儿呀！罐儿呀！我的老蒜瓣儿呀！"

常惠先生说这"是由《神仙传》里的《张果传》来的，或者是张果好诙谐的缘故"（《歌谣论集》三五五、三五六页）。这虽也用连锁式，却简单得多了。

（四）对比式 这是"反复说正反两个意思的"（见顾先生文）。如《孟子·离娄》篇所载孔子听孺子歌云：

> 沧浪之水清兮，可以濯我缨；沧浪之水浊兮，可以濯我足。

又如浙西歌云：

> 囡儿回娘家，骨头散懈懈；囡儿回夫家，骨头梢鹰架。
> （《民谣集》二十）

又如闽南歌云：

> 人喊，你也喊。人嫁娘，你嫁简。人坐轿。你坐粪斗。人
> 抱婴孩，你抱个狗。人得笑，你得哭。人烧香，你烧草。人吃
> 面，你在毛厕里翻筋斗。（《孩子们的歌声》）

这是一句一叠，两句一排，共七排，与前二首之两句一叠，只有一排者
不同。

（五）铺陈式　这种歌小调为多。在这种歌里，重叠只是乐调的关
系，意义所关极少。各叠除首句外，都不相重复，虽各有意思，而无极
点，故与复沓递进俱异。可是前举《太子五更转》，却是递进的，那可
算作例外。在这种歌里，若从意义方面论，重叠只供铺陈之用，与赋相
似，各叠是全然平列的。有时虽有先后之序，但并无"进退"可言，与
递进自别。这一式又可分二种：

甲　有定叠式　这种常以自然的数目为叠数，所以就有限制了。如
《四季相思》、《五更调》、《十二时》，《十二月》等，这些是必然
的。但《四季相思》有末尾多一节者，这大概可说是尾声了（《吴歌甲
集》一六九页）。又《十二月》也有带闰月的。

《民歌研究的片面》里说："凡有自然的限制调头，与给与限制的
东西大多是没关系的。"据我想，这种关系本来全是有的；后来流行渐

久渐广，大家只注意乐调与形式的结果，它才渐渐地从一部分小调里消失。兹录六朝时《西曲歌》中《月节折杨柳歌》及现行《莲英十二月唱春》为例。

《月节折杨柳歌》：

〔正月歌〕春风尚萧条，去故来入新，苦心非一朝。折杨柳。愁思满腹中，历乱不可数！

〔二月歌〕翩翩乌入乡，道逢双燕飞，劳君看三阳。折杨柳。寄言语侬欢，寻还不复久。

〔三月歌〕泛舟临曲池，仰头看春花，杜鹃纬林啼。折杨柳。双下俱徘徊，我与欢共取。

〔四月歌〕芙蓉始怀莲，何处觅同心，俱生世尊前。折杨柳。捻香散名花，志得长相取。

〔五月歌〕菰生四五尺，素身为谁珍，盛年将可惜。折杨柳。作得九子粽，思想劳欢手。

〔六月歌〕三伏热如火，笼窗开北牖，与郎对榻坐。折杨柳。铜堰贮蜜浆，不用水洗溪。

〔七月歌〕织女游河边，牵牛顾自叹，一会复周年。折杨柳。揽结长命草，同心不相负。

〔八月歌〕迎欢裁衣裳，日月流如水，白露凝庭霜。折杨柳。夜闻捣衣声，窈窕谁家妇？

〔九月歌〕甘菊吐黄花，非无怀筋用，当奈许寒何！折杨柳。授欢罗衣裳，含笑言不取。

〔十月歌〕大树转萧索，天阴不作雨，严霜半夜落。折杨柳。林中与松柏，岁寒不相负。

〔十一月歌〕素雪任风流，树木转枯悴，松柏无所忧。折杨柳。寒衣履薄冰，欢讵知侬否？

〔十二月歌〕天寒岁欲暮，春秋及冬夏，苦心停欲度。折杨柳。沉乱枕席间，缠绵不觉久。

〔闰月歌〕成闰暑与寒，春秋补小月，念子无时闲。折杨柳。阴阳推我去，那得有定主！（《乐府》四十九）

《莲英十二月唱春》：

打起小锣唱开声，唱一只小曲诸公听。不唱前朝古情事，单唱阎瑞生害莲英。

正月里来是新春，王莲英本是杭州人，父死来到上海地，小花园里去做倌人。

二月里来暖洋洋，阎瑞生堂子里去白相，题红馆结识为恩客，借俚个钻戒上赌场。

三月里来是清明，江湾跑马赌输赢，阎瑞生去买香槟票，当钻戒输得干干净。

四月里来蔷薇开，题红馆要讨钻戒还，逼得瑞生无主意，转念头想出恶计来。

五月石榴是端阳，王莲英打扮好风光，手上钻戒照人眼，阎瑞生看见耍出花样。

六月里来伏中心，阎瑞生起下了黑良心，吴方帮凶来约定，硝镪水麻绳买端正。

七月里凤仙开得红，王莲英被骗去兜风，汽车开到徐家汇，碰着吴方两帮凶。

八月里来是中秋，三个凶人齐动手，莲英吓得魂不在，跪在尘埃哀哀求。

九月里来是重阳，阎瑞生动手要用强，麻绳套在头颈上，莲英一命见阎王。

十月里芙蓉小阳春，王莲英阴魂转家门，托梦告禀爷娘晓，麦田里认尸好伤心。

　　十一月里雪纷纷，徐州拿住了阎瑞生，解到了上海来归案，吴春芳同解到新衙门。

　　十二月里冷清清，新衙门判解到护军营，阎吴同把口供认，西炮台枪毙去吃莲心。（《民歌研究的片面》引）

这些小调来源甚古，《五更调》前已说及。自来腔中也有这种，如前举安福十二月歌，便是一例。儿歌亦有之。又有只唱三个月、五个月或十个月者。三月的如《孺子歌图》（九六页）云：

　　正月里，正月正，天将黑了点上灯。二月半，人若饿了就吃饭。三月长，人要盖房就垒墙。

　　这已成了叠句了。"自然的限制"最基本的自然是数字，但以数字为结构的，似乎只有叠句而无重章。前曾举递进的数字儿歌，兹再举一首铺陈的，淮安的《十个儿》云：

　　大儿大，说实话；不扯谎，不乱骂。

　　二儿二，会扯锯；锯得光，做只箱。

　　三儿三，不好玩；冒得事，好扯淡。

　　四儿四，晓得事；不靠人，自照自。

　　五儿五，常习武；是好汉，打战鼓。

　　六儿六，栽淡竹；淡竹多，笋子足。

　　七儿七，学做笔；卖了钱，买饭吃。

　　八儿八，喂鹅鸭；粪肥田，肉好吃。

　　九儿九，善走路；走一天，还能够。

　　十儿十，把布织；织一天，几十尺。（《童谣大观》三册十六页）

这种歌也有说不清十字的。

此外如《七朵花》、《十把扇子》、《十杯酒》、《十只台子》、《十八摸》、《念（廿）大姐》、《二十四枝花》、《三十六码头》、《三十六虫名》、《六十条手巾》（看《民歌研究的片面》及《艺术三家言》中《江南民歌的分类》），也都是有定叠的。大概十数用的最多。但这些都不是"自然的限制"，所以是偶然的。

乙　无定叠式　如《四川调》、《杭州景致》、《二姑娘倒贴》等。兹举一首"自来腔"为例：

吃老倌，着老倌，灶里无柴烧老倌，床里无被盖老倌。

此歌见《民谣集》（十三页），原注，"老倌"丈夫也。

三、和声

和声是别人和唱或众人合唱的句子。最早的如《诗·豳风》里的《东山》，凡四章，每章首四语云：

我徂东山，慆慆不归。我来自东，零雨其濛。

这很像是和声，虽然现在还不敢说定。《汉广》每章末四语亦同此。和声或在歌后，或在歌前，是没有一定的。第三章曾论及，兹不赘。

古代的和声似乎都是有辞的。近代歌谣里似乎很少此种；只有《拳歌》中还有。在某种意义上，我们也许可以说这是"合唱衰微，单独的歌者得势"之故吧（俱见前）。但绍兴有乞人所唱歌（据《绍兴歌谣》及《文学周报》孙席珍文）云：

新春大发财，元宝滚进来。顺流！

大元宝，叠库房。顺流！

小元宝，买田庄。顺流！

　　　　零碎银子起楼房。顺流！

　　　　今年造起前三厅。顺流！

　　　　明年造起后三堂。顺流！

　　　　中间造起桂花亭。顺流！

　　　　桂花亭上有句话：顺流！

　　　　"冬穿绫罗夏穿纱。"顺流！

　　　　立起身来捞年糕。顺流！

　　　　阿官状元糕。顺流！

　　　　姑娘龙凤糕。顺流！

　　　　太太福寿糕。顺流！

　　　　捞起年糕八大条。顺流！

　　　　丢在篮里算头挑。顺流！

　　　　讴顺流个也话好。顺流！

　　"顺流"二字或者也是和声，至少亦是和声的遗形。又广东兴宁客家有一种三句半的歌谣，前面常有一起句云：

　　　　"竹叶撑船满洒子，"

也是此种。又第二章中所举的佛偈子，末语云：

　　　　"佛唉那唉阿弥陀，"

也当是摹仿和曲的。此外尚有一种有声无辞的和曲的遗形，如唐梨园歌中之"罗哩嗹"，似乎即此种。又如有些叠歌句末的"罗"字也是的。钟敬文先生说"罗"字与古歌谣中的"兮"字，楚辞中的"些"字同类，兹举一例：

兄当着东妹着西。罗。

父母严硬唔敢来。罗。

十二精神带兄去。罗。

唔知亲兄知唔知？罗。（《民间文艺丛话》四、五页）

四、回文

歌谣里这种极少，现在只知道两三个例子，全是儿歌。一是苏州的歌谣：

矮

矮子，

子矮。

矮子肚，

肚子矮。

矮子肚里，

里肚子矮。

矮子肚里膈，

膈里肚子矮。

矮子肚里膈膌，

膌膈里肚子矮。

矮子肚里膈膌多，

多膌膈里肚子矮。（《歌谣》五三）

这里所谓"往来读"的回文歌。又是宝塔歌。现行宝塔歌，多每句递加一字，这首除一字句只有一句外，二字至七字句都各有两句。这种形式较现行的为古，唐元稹即有此种诗，可作一证。又此歌不但回文，并且叠字之法兼复沓与递进两种。这是很怪的一首歌。又数字歌云：

一。

一二，

二一。

一二三，

三二一。

一二三四，

四三二一。

一二三四五，

五四三二一。

一二三四五六，

六五四三二一。

一二三四五六七，

七六五四三二一。

一二三四五六七八，

八七六五四三二一。

一二三四五六七八九，

九八七六五四三二一。

一二三四五六七八九十，

十九八七六五四三二一。

这首歌据我所知，许多地方都有的。这首歌形式与上一首完全相同。我疑心它的来源甚古，或是一切宝塔诗的总来源头，也未可知。这首数字歌还有一种，较为复杂，如下：

一

一二

二一

一

一二三

三二一

二一

一 ……………（以下类推）

但是这种完全而整齐的回文，歌谣中虽然很少，不甚完全整齐的却甚常见，如前举《玲珑》一首便是。又如《情歌唱答》中一首云：

么伴来来么伴来，深山老虎叫哀哀。山深老虎哀哀叫，舍情唔得挂命来！

五、接麻

江浙有一种游戏，叫做"接麻"。其戏法：如甲说"灯"，乙即说"灯亮"；甲接说"亮光"，乙再接说"光面"；甲接说"面孔白"，乙再接说"白纸"。如此可至无穷，以敏捷自然为胜；字数不拘，又可用谐声字。儿歌中有一种重叠的方式，与此相类，不知是出自这种游戏否。酒令中亦有此种。兹分为数种论之：

（一）接一字式　如《孩子们的歌声》中之四五云：

节节糕，糖炒。

牙排锣鼓抬敲；

敲，敲，敲烟囱；

囱，囱，葱管糖；

糖，糖，糖货摊；

摊，摊，摊膏药；

药，药，岳先生；

生，生，生梅毒；

毒，毒，读文章；

章，章，掌鼓板；

板，板，扳鲤鱼；

鱼，鱼，鱼肚肠；

肠，肠，长竹竿；

竿，竿，赶洪水；

水，水，数番饼；

饼，饼，烧饼店；

武松打虎跳，

姆妈吃些呀！（五六、五七页）

这是杭州一首歌谣。虽只接一字，却重叠三次。所接的字，有时用谐音字，如"岳"与"药"便是。所接之字，皆在句尾，接它之字，皆在句头；惟"饼，饼，烧饼店"，第三"饼"字在句中，稍异。又吴歌云：

头头利市。寺里烧香。乡下小干。干屎练头。（《甲集》三六页）

这首歌的接字完全取谐音字。

（二）接二字式　如《月光光》云：

月光光，照地塘；年卅晚，摘槟榔；槟榔香，摘子姜；子姜辣，买葡突；葡突苦，买猪肚；猪肚肥，买牛皮；牛皮薄，买菱角；菱角尖，买马鞭；马鞭长，起屋梁；屋梁高，买张刀；刀切菜，买箩盖；萝盖圆，买只船；船漏底，沉死两个番鬼仔：一个蒲头，一个沉底，一个匿埋门扇底，恶恶食孖油炸烩。（《广州儿歌甲集》一页）

歌中"刀""船"仍只接一字，余均接二字。这种原始的作品本不可严格论的。这是顺接法，还有倒接的，如闽南歌云：

> 青盲！青盲！行路到淡：日愿昧暗，先去煮蛮；蛮煮昧
> 熟，赶去煮肉，肉煮昧烂，就去拍啖；拍啖昧完，跑去关门；
> 关门昧密，逐去摄贼；摄贼伏着，仗去抱石；石抱不起，乞贼
> 拍死。（《孩子们的歌声》三一页）

"蛮煮"，"肉煮"，"石抱"，都是倒接法。这都因语言之自然，并非有意如此，所以没有一律的条例可寻。

以上都是句尾句头相接式，可以叫做衔尾式。还有一种句尾句腹相接法，可以叫做断续式。如昆明歌云：

> 小红孩，也怪好，倒被稀泥滑倒了。稀泥稀泥也怪好，出
> 一颗太阳晒干了。太阳太阳也怪好，来片云彩遮住了。云彩云
> 彩也怪好，一阵大风刮散了。大风大风也怪好，筑起墙头挡住
> 了。墙头墙头也怪好，老鼠把它钻透了。老鼠老鼠也怪好，狸
> 猫把它捉住了。（《孩子们的歌声》三四页）

这首歌一面又用了铺陈式的重叠。其接法除为断续式外，还有一点可注意：它接字的一句，将所接的二字重言一次，与《节节糕》一首相似。又有一种分接式，将所接之字拆开了接，如前所举《麻野雀歌》便是，那首歌又是递进的重叠式。

（三）对字式　吴兴《月光光》歌云：

> 月光光，光亮亮，头梳篦子给娘娘。娘好，爹好，打双模
> 面给兄嫂。兄嫂踏一脚，踏扁变只鸭。鸭何用？鸭生卵。卵何
> 用？卵客吃。客何用？客担油。油何用？油点灯。灯何用？灯
> 陪月。月何用？月上山。山何用？山生草。草何用？草牛吃。

牛何用？牛耕田。田何用？田种谷。谷何用？谷人吃。人何用？人传种。（《孩子们的歌声》九〇、九一页）

这与前引《月光光》明是同一母题的转变，但从其形式论，确已与那首不同。这因它用了问答的形式。从此再进一步，便是纯粹的对字了，如：

"祭姓啥？""我姓白。""白啥个？""白牡丹。""丹啥个？""丹心轴。""轴啥个？""轴子。""子啥个？""纸灯笼。""笼啥个？""龙爪葱。""葱啥个？""聪明智慧。""慧啥个？""卫太监。""监啥个？""橄榄。""榄啥个？""蓝采和。""和啥个？""何先生。""生啥个？""生姜。""姜啥个？""姜太公。""公啥个？""贡手炉。""炉啥个？""路头。""头啥个？""头发。""发啥个？""法师。""师啥个？""司徒，司空，两条蛔虫——拨俆吃子弗伤风！"（《吴歌甲集》三二至三四页）

这里也用了许多谐音的接字。

前举《进城门》（一四三）一首，亦当属此式，但较复杂。第一二两问答，似是连锁式的对句而其实不是，因为并不接字。第三问以下，全为接麻式，但接句尾之字者极少，接句头之字者最多；"什么连"一问，更是接句腰的字的。

以上接字的部分，俱在中间，另装上一个头一个尾。这种其实也是问答式，但并不是连锁的，又较有规则，与本条（一）为近，故列为一类。

六、叠字

此所谓叠字，指一歌中各句或有些句均叠一或数字而言。这显然是声音的关系，或为帮助儿童记忆起见，亦未可知；因为儿歌中此种甚多。

（一）句头叠字　如巴县儿歌云：

　　小板凳，搭高台。妈妈家，过礼来。八对鸡，八对鸭，八封饼子，八封茶。（《孩子们的歌声》十页）

末四句句首叠一"八"字。

（二）句中叠字　如吴歌《天上七簇星》云：

　　天上七簇星，地上七块冰，台上七盏灯，树上七只莺，墙上七只钉。

　　杏化杏化拔脱七只钉，汗鼠汗鼠赶脱七只莺，平林碰冷蹈碎七块冰，一阵风来吹隐七盏灯——行子乌云遮子星。（《甲集》二六页）

除末句外，每句倒第三字，皆为"七"字。又此歌两叠，属递进式。

（三）句末叠字　如吴歌《小麻子》云：

　　小麻子，吃粽子。打碎一只小盆子，拾着一粒西瓜子。炒炒一镬子，撒撒一裤子。阳城湖里去汰裤子，碰着一个洋鬼子，一打打子三棍子。（《甲集》四九页）

每句之末，皆用带语尾"子"字的词儿，其用与叠字同。

（四）全篇叠字　如前举《六合县歌》，全用"六"字成篇。又南京嘲笑鬏鬏的歌，每句皆叠鬏鬏二字。又那《急口令》中"驼子"、"胡子"，各叠六次，"螺蛳"、"骡子"各叠四次；也当属此种，虽然还有谐音的关系在内。但这些都是儿歌，兹再举情歌为例：

　　〔女唱〕一日唔见涯心肝，唔见心肝心不安！唔见心肝心肝脱，一见心肝脱心肝！

〔男答〕闲来么事想心肝，紧想心肝紧不安！我想心肝心

肝想，正是心肝想心肝！（《情歌唱答》下卷一页）

其他的表现法　中国歌谣的结构，赋叙（包括无定式的问答而言）

实为正宗；但赋叙无确定的形式可言。有形式可言的，重叠是大宗。此

外还有几种如下：

一、倡和

《诗·郑风·蘀兮》云：

　　"蘀兮，蘀兮，风其吹女。""叔兮，伯兮，倡，予和女！"

　　"蘀兮，蘀兮，风其漂女。""叔兮，伯兮，倡，予要女！"

这是很古的倡和的例子。倡和与问答式不同的：（一）问答式全为

儿歌。（二）问答式本系两人问答，但有时也可由一人自问自答，仍保

存着两人相对的形式；倡和则全为民歌；又非两人相对，是不成其为倡

和的。（三）问答式以重叠为主，而倡和不尽然。兹举《情歌唱答》中

《赠物》为例：

　　〔女唱〕新买扇子七寸长，一心买来送亲郎。嘱咐亲郎莫

跌黑，两人睡目好拨凉。

　　〔男答〕妹送扇子哥拨凉，难为妹妹个心肠。虽然物少人

意重，算妹有心念着郎。

这种倡和的另一面便是竞歌，客族中盛行此俗。前述刘三妹传说，

即以此为背景。许厚基先生《越秀山麓客民唱山歌的风俗》一文云：广

州市越秀山麓一带的地方，大部分是客籍人所居住的。客籍人有一种风

俗，很有可记述的价值的，就是在中秋月明之夜，彼此相约登越秀山唱

山歌，妇女们或者不登山，就在巷口或门前，引吭高歌，歌声清朗绝伦，闻于数里。在中秋节的前后，一到东山月上之时，就听得山歌的声音，远近间作，十五、十六两夕，因为有团圆的月亮，唱山歌的人，竟直通宵不寐。这里一群里头有人唱了，别处一群里头就有人谱着他的歌调来和他。所和的或是嘲讽，或是赞美，但无论是嘲讽好、赞美好，都有胜负之分。换一句话说，就是一种有音韵的舌战罢了。有同性相战，又有异性相战；有个人相战，又有团体相战。或初起时本来是个人相战，不久就双方各增至十余人，很像两军对垒，互相增援一般。战胜的昂首高歌，战败的噤声逃去。有时男子与女子唱得情投意合，往往因跟着央媒人说合，就此成婚。也有的因为讥讽太过，大家都激出火性来，就由舌战而变为石战，打作一团，发生很大的危险。这种风俗，和苗人的跳月，大约相似。现在我抄一首男女互答的歌词，和一首挑战的歌词。（《民间文艺》第二期）

　　一　〔女唱〕　唔使看罗，老弟！好极都系人家妻，我系月中丹桂女，谁人踏得敢高梯？

　　〔男答〕　唔系看你呵，阿妹！郎的心在妹深闺。我系玉皇第三子，脚踏青云捧月归。

　　二　〔挑战歌〕　你唱歌不似唱歌声，好似田鸡蛤母声。不好被哥捉呀到，菜刀斩来无放轻。

　　这里可注意的有三点：（一）竞歌是选择婚姻对手的方法。（二）不限于情歌，同性间亦有之。（三）竞歌时所唱，由个人随时制作。但这种制作，是从旧传的歌谣里摘出来杂凑成的，并非创作，仍是没有个性，与诗不同。四川也有相似的风俗。刘达九先生《从采集歌谣得来的经验和佛偈子的介绍》文中说："某天同我间壁的牧童在山上割草，恰好对山也来了几个割草的。我显着害羞唱道：

你的山歌没得我的山歌多，我的山歌几箩篼。箩篼底下几个洞，唱的没得漏的多。

"箭不虚发"，这首山歌竟至生效了。对山的牧童继着唱道：

你的山歌没得我的山歌多，我的山歌牛毛多。唱了三年三个月，还没有唱完牛耳朵。

我同伴的牧童唱道：

大田栽秧行对行，一对秧鸡来歇凉。秧鸡要找秧鸡饭，唱歌要找唱歌郎。

又一个牧童唱道：

黑漆朝门大打开，唱歌老师请进来。端把椅子当堂坐，一个一首唱起来。

从我们接火以后，就大战起来了。"（《歌谣纪念增刊》）

倡和仍重在重叠；但不一定是词句重叠，意思重叠的也很多。又和与倡有违有顺，竞歌时意在挑战，大抵是相违的。兹分别论之：

（一）全重式　如《情歌唱答》中《举子别妻》云：

〔男唱〕新买葵扇画枝花，嘱妹在屋爱做家！百二两银买丝线，嘱妹在家学做花。
〔女唱〕新买葵扇画枝花，嘱郎走里爱顾家！百二两银买管笔，祝郎上京中探花。

这是倡和不相违的。首句全同，以下各句，只异数字，又韵字也全同。这种整齐的例是很少的。另有意思针对，句格相同的全重式，如前情歌例中所举"嫁郎莫嫁读书郎"，"嫁郎爱嫁读书郎"两首，那是倡和相违的，又同用一韵。全重式的倡和，大抵是同用一韵的。

（二）重头式　倡和重首句者最多。全同者已见上。稍异的如"生么分开死么离"，"地久天长莫分开"。对称的如"一别妹子大船边"，"涯郎别妹大船边"，又如"日出东边天大光"，"日落西山渐渐低"，同为起兴之句，似违实顺。相违者如上节所引"嫁郎"两语及前引客民竞歌之例——那是较不整齐的。递进的如《情歌唱答》中《南洋行》（二）女唱的"十送亲郎"，"再送亲郎"，《南洋行》（三）男唱的"十别妹子"。句格同的如同书《十八答》（四）的"病唔好来病唔好"，"么伴来来么伴来"；（五）的"着乜极来做乜来"，"唔使赔来唔使赔"；（六）的"喂死里来喂死里"，"唔禾郎来唔禾郎"；（七）的"喂死里来喂死里"，"唔喂死来唔喂死"；（九）的"天唔光来天唔光"；（十）的"喂光里来天喂光"，"妹喂洗来妹喂浆"；（十一）的"妹莫洗来妹莫浆"，"偏偏洗来偏偏浆"。这些首句，构造都相同。递进的，同句格的重头式，用在蝉联的倡和里。歌中句的重叠，也有类似的情形，但较少，又关系较小，兹从略。

（三）衔尾式　第一首末句和第二首首句相同的倡和歌，丘峻先生说，"俗语叫做'鲫鱼衔尾'，或'鲤鱼衔尾'。"这种歌有每四句一首的，也有每五句一首的（《情歌唱答》中卷）。又这种歌往往蝉联而下，不止一叠。《情歌唱答》中所录《细话衷情》，共六叠，兹录首两叠为例：

　　一　〔男唱〕大路荡荡柬坪阳，连问三声唔答郎；连问三声么句应，瞒人教坏妹心肠？！

　　〔女答〕瞒人教坏妹心肠？莫怪细妹么大方！细妹相似目屎浪，自从唔田漂大江。

二 〔男唱〕自从唔田漂大江，娇容说话涯井光。愚今可
比过云雨，唔知落在奈陀往。

〔女答〕唔知落在奈陀往，涯哥讲话妹着慌！今番做事唔
见怪，前生烧了断头香。

也有不完全接一句的，如以"天下有来天下有"接"自古传来天下有"
（《情歌唱答》上卷《求歌》），则属于接麻式——歌中的句子也时有
此种接法。

（四）连珠式 丘先生说：这种倡和，"其词意，在第一次唱答
之间，固然彼此呼应，针锋相对；就是其第二次唱的，也还和第一次答
的遥遥相应，前后关照；第三次唱的和第二次答的，也是一样。……这
样第一回唱答，和第二回唱答；第二回唱答又和第三回唱答；……前后
照应。有如连环或连锁而首尾不能衔接，只像金珠一贯，所以……名之
曰连珠调"（《情歌唱答》中卷）。简单地说，连珠式是若干叠的倡和
歌，意义联贯而并无定式的重叠的。（二）、（三）两式也常不止一
叠，意义也相联贯，其与此异者，就在有一定的重叠式。兹举《载离载
合》（共八叠）的首两叠为例：

一 〔男唱〕亚妹艳名彩凤英，紧想紧真笑死人！名字柬
好人柬丑，真真太不近人情！

〔女答〕郎今自名真风流，亚妹想倒真好羞！唔知风流系
丑事，还敢得意叫啾啾！

二 〔男唱〕亚妹话倒也系真，可惜亚哥后生人！
十七十八唔晓乐，白白辜负一生人！

〔女答〕亚妹柬丑天生成，郎今柬靓唔做人！妹丑郎靓都
一样，齐家都系苦命人！

（五）诘问式 如《情歌唱答》中《奇怪的问名》云：

一　〔女唱〕新作田唇唔敢行，新交人情唔敢声。奔张脚头奔郎使，开条路子奔妹行！

〔男答〕文银花边有八成，涯今问妹脉鸡名；涯今问妹姓脉鸡，问倒名姓正来行。

二　〔女唱〕长田行过系大坪，唔使跟探妹姓名。脚下一蹴是妹姓，身上一摸是妹名。

〔男答〕一双单一也么奇，绿竹春尾想倒里。白矾落缸涯醒水，陈三细妹就系愚。

这里第二叠是谐声的谜语。

《诗·邶风·式微》也可作这一式的倡和歌解（参用刘向说），其词云：

　　　　　"式微，式微，胡不归？""微君之故，胡为乎中露！"
　　　　　"式微，式微，胡不归？""微君之躬，胡为乎泥中？"

这许是现存最古的倡和歌了——《皇娥白帝歌》虽也是倡和歌，但是个人的，又是构造的，所以不论。

二、趁韵

《诗的效用》一文中说："……说到民谣，流行的范围更广，似乎是很被赏识了，其实也还是可疑。我虽然未曾详细研究，不能断定，总觉得中国小调的流行，是音乐的而非文学的，换一句话说即是以音调为重而意义为轻。'十八摸'是中国现代最大民谣之一，但其魅人的力似在"嗳嗳吓'的声调而非在肉体美的赞叹，否则那种描画应当更为精密，——那倒又有可取了。中国人的爱好谐调真是奇异的事实矣……。"（《自己的园地》二〇、二一页）歌谣原以声为主，这话是不错的。前述无意义的重叠，自是以声为主的极则，其次便当算到趁韵歌；这许是近乎原始的形式。趁韵歌以儿歌中为多。前举儿童游戏歌，多属此种。又各种接麻歌亦多属此种（无韵的自不能算入）。趁韵歌大抵是没有意思的；有时似乎有意思，却是滑稽的。如前引《野麻雀》一首，便是这一种。

三、嵌字

（一）最常见的自然是嵌数字的。如绍兴歌谣云：

> 一事无成实可怜，两眼睁睁看老天，三餐茶饭全无有，四季衣衫不周全，五更想起双流泪，六亲无靠苦黄连，开门七件全无有，八字生来颠倒颠，久事寒窗无出息，要到十字街头寻短见。路里碰见一个算命先生，算我十九岁功名就，八月科场面前存，七篇文字如锦绣，六个同窗倒颠中，五伦殿上朝天子，四拜皇廷万岁恩，君王连饮三杯酒，两朵金花盖顶匀，一色杏花红十里，状元归家马如飞。（《绍兴歌谣》三一、三二页）

这里有三点可以注意：（1）这是顺逆两种嵌法；（2）久字谐九字；（3）所嵌的字不一定在句首。前引《一家人家》一歌亦是此种，那歌中一二三四五陆嵌在句头，七八九十嵌在每句第三字，借姓陆的陆作数字的六，这在北方是不行的。这首歌还有一半是递嵌的，数字都嵌在句头（《吴歌甲集》二五页）。这种歌意义是连贯的递进的；也有不联贯的，如：

> 一些吪有，啥个二不伦登，三转四回头，五马贩六羊，七叮八吲，九九归源，十足犯贱。（《绍兴歌谣》八八页）

至如浙东歌谣云：

　　一，一，衢州凉帽湖州笔。两，两，城内生儿山里养。三（厶丫），三，杨树根头好画花。四（厶丨），四，樟树花灯兰溪戏。五，五，长年大小送端午。六，六，西山狮子东山鹿。七，七，铜打墨砚银打笔。八，八，八洞神仙都识法。九，九，九根眉毛当扫帚。十，十，爷登龙门儿做贼。（《孩子们的歌声》一九七页）

这简直是毫无意义的硬嵌，或者竟不能算是嵌字，只是一首文句不相联贯的趁韵歌。又如：

　　一，两，三河邻上蒋。三，四，女埠对宅记。五，六，黄店望独渎。七，八，芦山高蒋塔。九，十，五塘朝焦石。（《孩子们的歌声》一九九页）

与上一歌为同类，但每句用二数字，又为地名歌，与上歌异。次为分嵌成语的歌，此类极少，仅得一例：

　　吃末真凶，着末威风；赌末一半，嫖末精空。（《民谣集》六一页）

这是将"吃着嫖赌"一句成语分开来说，其式实与嵌字同。

　　次为嵌十二月名，如浙东歌云：

　　正月正，癞痢戏猴狲。二月二，癞痢戏兔儿。三月三，癞痢千刀万刮劙。四月四，癞痢吃个屁。五月五，癞痢晒干末。六月六，癞痢陪着黄狗洗个浴。七月七，癞痢偷粪吃。八月八，癞痢拖去杀。九月九，癞痢陪着猫儿吃杯酒。十月朝，癞痢家里天火烧。十一月冬至，癞痢跌落冬厕（东厕？）。十二

月夜，癞痢关在城门外，害得他的姆妈哭了三天三夜。（《孩子们的歌声》一九六页）

黄诏年先生说，"此为教小儿月数的歌"（同书同页）；但亦可作铺陈式的十二月歌论。

次为嵌人名，地名，物名，如古人名，地名，草木名，鸟兽名，虫名等，例见前。

新近石声汉先生所搜集的《徭歌》（见《国立中山大学语言历史学研究所周刊》四十六、四十七合刊，《徭山调查专号》），有所谓"甲子歌"，中多情歌。其歌大抵以顺序的两干两支相间（如甲子乙丑），作起兴的句子。这种干支相间法，共有三十式。每式四歌（有缺的），每歌七言四句。这似乎可称为嵌干支的歌。举例如下：

甲子一年哥便念，乙丑二年哥便连；
一年连娘成心惯，二年心惯成旧情。

以甲子乙丑分嵌两句，只在"甲子乙丑"歌中有，余均四字并嵌在首句，如下式：

甲子乙丑海中金，海中金罐难得逢；
海中金罐难得见，见娘细嫩难得连。

（二）嵌句　或嵌童蒙书句，或嵌佛号，例俱见前。兹再举嵌佛号一例。绍兴歌云：

南无阿弥陀，新妇打阿婆；阿婆讴地方，新妇老公帮；阿婆勿肯放，新妇坐板（班？）房。（《绍兴歌谣》六二页）

四、套句

歌谣中有许多常见的句子，可以称为套句，像四季、五更、十二月等是小调里常用的方便的结构一般。套句是歌谣里常用的方便的表现。套句以起句为最多，结句也常有；《诗经》里更有诗中的套句。起句，结句，都与结构有关；而起句更为重要。吴歌中有云，"山歌好唱口难开"（《甲集》一三六页）；又苏州的唱本中有云，"山歌好唱起头难，起子头来便不难"（顾颉刚先生引，见《甲集》一六六页）。可见起句是不容易的。这里所谓起句，差不多专指起兴而言；也有赋体的，但甚少。起兴既不容易，便多去借用成句；好在这种句子，原与下文不连贯，尽可移用。这是"同一起句的歌谣"的一个原因（用钟敬文先生说，见《民间文艺丛话》六四页）。复次，歌谣虽为个人所作，而无个性；他总用民众习知习用的语句，来表现他们与他所共有的情思。因此套句便多了。但这里所谓套句，是就各异的歌谣而言；若是同一歌谣的转变，那么，句子相同是当然，无庸在此讨论。

（一）同一起句　古今歌谣，皆多此种。钟敬文先生在《同一起句的歌谣》一文中（《民间文艺丛话》五八——六三页），曾举了许多例，兹照录如下。如《诗经》中以"扬之水"起的：

　　扬之水，不流束楚。彼其之子，不与我戍甫。怀哉怀哉，曷月予还归哉？（《王风》，三章录一）

　　扬之水，不流束楚。终鲜兄弟，惟予与女。无信人之言，人实狂女。（《郑风》，二章录一）

　　扬之水，白石凿凿。素衣朱襮，从子于沃。既见君子，为何不乐？（《唐风》，三章录一）

以"有杕之杜"起的：

　　有杕之杜，其叶湑湑。独行踽踽；岂无他人，不如我同

父。嗟行之人，胡不比焉？人无兄弟，胡饮焉？（《唐风》，二章录一）

有杕之杜，有皖其实。王事靡盬，继嗣我日。日月扬止，女心伤止，征夫遑止。（《小雅》，四章之一）

又如六朝时被收入乐府的民歌里的例子（这里赋体的起句）：

阳春二三月，相将踏百草。逢人驻步看，扬声皆言好。（《江陵乐》）

阳春二三月，草与水同色。攀条摘香花，言是欢气息。

阳春二三月，水与草同色。道逢游冶郎，恨不早相识。

阳春二三月，正是养蚕时。那时不相怨，其再□（原文此处为"□"）侬来。（《孟珠》）

阳春二三月，相将舞翳药。曲曲随时变，持底艳郎目？（《翳乐》）

在现代歌谣中，这种例更多，钟先生所举的是：

日落西山一点红，先生骑马我骑龙；先生骑马街上走，我骑乌龙水面飘。

日落西山一点红，照见江南鲤鱼精；头在江南来吃水，尾在江北翻摩掀。

日落西山一点红，武松杀嫂为长兄。潘金莲结识西门庆，武松杀嫂上梁山。

日落西山一点红，照见江南九条龙。九龙纽纽要起水，小姐纽纽引郎君。（《江苏山歌》，刘丽南辑）

丢只阿妹多日久，好过一年无干长；今日有缘相遇到，恰似兰花开合香。

丢只阿妹多日久，话头讲少万万千。离别一时当三日，离别三日当一年。

丢只阿妹多日久，有情老妹无相逢；来比大船打失桨，一望漂流在海中。

丢只阿妹多日久，坐唔安时蹶唔安。今日有缘相遇到，见娘欢喜命甘断。

丢只阿妹多日久，四十五日无相逢！寄信又怕妹唔识，搭声又怕讲唔同。（《海丰山歌》，自辑）

这是起句全然相同的。此外还有只同前半句的，如吴歌云：

结识私情结识东海东。（六六起句，《甲集》七二页）
结识私情结识恩对恩。（六七起句，又七三页）
结识私情结识隔条浜。（六八起句，又七四页）

这些都不是相同的歌谣。（江阴《船歌》中亦有同此的起句）又如《吴歌》云：

西方路上一罋油。（五二起句，《甲集》五四页）
西方路上一笼鸡。（九五起句）
西方路上一只牛。（九六起句）
西方路上一只船。（九七起句，上三句见又一三一、一三二页）

后三者大约是"佛婆所作歌"，前一首却不是的；四首意义也各异。浙东歌谣有以"西方路上有一家"起兴者，亦佛曲，见《孩子们的歌声》二二七页。这些起句虽只同前半句，理由却与全句同的是一样。

乐府中另有一种开篇的句子，是赋体，与起兴异，却也似乎有相同的情形。古诗有一首云：

> 四座且莫喧，愿听歌一言：请说铜炉器，崔嵬像南山。……

顾颉刚先生在《论诗经所录全为乐歌》一文中，说这是乐府。这话是很
有理由的。我们看陆机的《吴趋行》起句云：

> 楚妃且勿叹，齐娥且勿讴；四坐并清听，听我歌《吴
> 趋》。……

又鲍照《代东武吟》起句云：

> 主人且勿喧，贱子歌一言；仆本寒乡士，出身蒙汉恩。……

陆、鲍二人都是拟乐府的；所拟原辞虽已不可知，但我们很可推想乐府
中必有些起句与那首古诗相似或相同的。——那首古诗之为乐府，也由
此可见。

（二）同一结句　如乐府《艳歌何尝行》的"趋"云：

> 念与君离别，气结不能言。各各重自爱，远道归还难。妾
> 当守空房，闭门下重关。若生当相见，亡者会黄泉。今日乐相
> 乐，延年万岁期。

末二语与上文意思不相联贯。晋乐所奏《白头吟》末二语与此大同
小异：

> 今日相对乐，延年万岁期。

这两句也是与上文不联贯的。这两句别处还有用的，或是一种和曲，也未可知。前引佛偈子之末语亦是此类。至《艳歌》起句云：

今日乐上乐，相从步云衢。

以结句为起兴之句，则或系取其为人所习知习闻之故。

（三）歌中套句　《诗经》中多此种。如"之子于归"一语，见于《桃夭》、《鹊巢》、《燕燕》、《东山》等诗；"之子"所指却可不同，在《燕燕》中指戴妫，在余三诗中则均指新妇。又如"女子有行，远父母兄弟"二语，见于《毖彼泉水》、《蝃蝀》、《竹竿》（作远兄弟父母）诸诗，句意虽同，歌意有别。又如"不瑕有害"见于《毖彼泉水》、《二子乘舟》诸章；而在后诗中用为结句。又如《邶风·柏舟》有"日居月诸"一语，《日月》中则以之为每章之起句（共四章）。"不瑕有害"用为结句，殆是偶然。"日居月诸"一语，则疑心本是起句，后才用入歌中的；因为起句印象较深，容易让人记住借用。这样看，套句的位置，也不能严格论定的。

套句，在另一意义上，也可说是重叠的表现法；只这种重叠是为了避生就熟的缘故罢了。歌中套句，应属修辞范围，因方便，故附论于此。

六　歌谣的修辞

　　起兴　兴是《周礼·春官大师》所谓"六诗"，《诗大序》所谓"六义"之一。向来与赋比并论，尤以与比并论时为多。其义说者极众，现在不能详述，只举几种最著的：《周礼·郑玄注》引郑众云："兴者，托事于物。"刘勰《文心雕龙·比兴》云："兴者，起。……起情者，依微以拟议。"郑樵《读诗易法》（《六经奥论》卷首）云："关关雎鸠"，……是作诗者一时之兴，所见在是，不谋而感于心也。凡兴者，所见在此，所得在彼，不可以事类推，不可以理义求也（据《吴歌甲集》引）。朱熹云："兴则托物兴辞。"（《楚辞集注》）又云："兴者，先言他物，以引起其所咏之辞也。"（《诗集传》）又云："因所见闻，或托物起兴，而以事继其声。"姚际恒《诗经通论》云："兴者，但借物以起兴，不必与正意相关也。"郑樵、姚际恒两家所说最为明白。顾颉刚先生又从歌谣里悟得兴诗的意义，他说："数年来，我辑集了些歌谣，忽然在无意中悟出兴诗的意义，今就本集所载的录出九条于下：

　　一、萤火虫，弹弹开，千金小姐嫁秀才……（第十九首）

　　二、萤火虫，夜夜红，亲娘绩苎换灯笼……（二十）

　　三、蚕豆开花乌油油，姐在房中梳好头……（五一）

四、南瓜棚，着地生，外公外婆叫我亲外孙……（五三）

五、一英菜豆碧波青，两边两悬竹丝灯……（五四）

六、一朝迷露间朝霜，姑娘房里懒梳妆……（五八）

七、阳山头上竹叶青，新做媳妇像观音……

　　阳山头上竹叶黄，新做媳妇像夜叉……（六一）

八、阳山头上花小篮，新做媳妇多许难……（六二）

九、栀子花开心里黄，三县一府捉流氓……（九二）

在这九条中，我们很可看出来起首的一句和承接的一句是没有关系的，例如新做媳妇的好，并不在于阳山顶上竹叶的发青；而新做媳妇的难，也不在于阳山顶上有了一只小篮。它们所以会得这样成为无意义的联合，只因'青'与'音'是同韵，'篮'与'难'是同韵。若开首就唱'新做媳妇像观音'，觉得太突兀，站不住；不如先唱了一句'阳山头上竹叶青'，于是得了陪衬，有了起势了。至于说'阳山'乃为阳山是苏州一带最高的山，容易望见，所以随口拿来开个头。倘使唱歌的人要唱'新做媳妇多许好'，便自然先唱出'阳山头上一丛草'了；倘使要唱'有个小娘要嫁人'，便许先唱出'阳山头上一只莺'了。这在古乐府中也有例可举。如'孔雀东南飞，五里一徘徊'，原来与下边的'十三能织素，十四学裁衣，十五弹箜篌，十六诵诗书'一点没有关系。只因若在起首说"十三能织素'，觉得率直无味。所以加上了'孔雀东南飞，五里一徘徊'，一来是可以用'徊'字来起'衣''书'的韵脚，二来是可以借这句有力的话来作一个起势。"如他所说，兴的作用有二：一是从韵脚上引起下文，一是从语势上引起下文，总之，是不取义的，而起兴之句，又大都是即事的。朱熹所谓"因所见闻"，亦是此义。

所谓从韵脚上、从语势上引起下文，只是一件事的两面，而并非两件事。这在顾先生的文里说得甚是明白。不过这两方面似乎还不够说明起兴的需要在歌谣中的迫切与普遍。我以为还有两种关系，或可以帮助顾先生的解释：一是我们常说到的歌谣是以声为用的，所以为集中人的注意起见，有从韵脚上起下文的现象。二是一般民众，思想境阈很小，即事起兴，从眼前事物指点，引起较远的事物的歌咏，许是较易入手的路子；用顾先生的话，便是要他们觉得不突兀，舒舒服服听着唱下去。虽然起兴的事物意义上与下文无关，但音韵上是有关的；只要音韵有关，听的人便不觉得中断，还是舒舒服服听下去。顾先生所谓"觉得率直无味"，可以用这种道理解释。至于"起势"之说，则就作歌者方面说，也有道理。因为一个意思，不知从何说起，姑就眼前事物先行指点，再转入正文，便从容多了。"山歌好唱口难开"的句子不独苏州有，四川酉阳也有（见前），甚至僮歌里也有（见苗志周《情歌》），可见这种作始的困难是很普遍的。这种起兴的办法，可以证明一般民众思想力的薄弱，在艺术上是很幼稚的。所以后来诗歌里渐少此种，六朝以来，除拟乐府外，简直可说没有兴。而论诗者仍然推尊比兴，以为诗体正宗，那一面是因传统的势力，一面他们所谓兴实即是一种比，即今语所谓象征；这是一直存在的。且不必远举例，就说《楚辞》吧。洪兴祖《楚辞补注》说："诗之兴多而比赋少，《骚》则兴少而比赋多。"这可见艺术渐进步，那里粗疏的兴体，便渐就淘汰了。兴与比既如此不同，我觉得应该分论；所以不遵用前人比兴联文的办法。

起兴的事物，大都"因所见闻"，前已说及，大约不外草木、鸟兽、山川、日月、舟车、服用等，而以草木为多。兹略举数例。以草木兴者，见前引顾先生文中。以鸟兽兴者，如《关雎》，如粤风中《鹿在高山吃嫩草》：

> 鹿在高山吃嫩草。相思水面绉麻纱。纹藤将来做马口，问娘鞍落在谁家？

以山川兴者，如"阳山头上竹叶青"、"扬之水"等。以日月等兴者，如前举"日出西山一点红"，又如《召南·殷其靁》首章云：

> 殷其靁，在南山之阳。何斯违斯，莫敢或遑？振振君子，
> 归哉，归哉。

又如台湾歌谣云：

> 举头一看满天清，七粒孤星一粒明。娘子要歹用心幸，不
> 怕亲哥起绝情。（男子唱《台湾歌谣集》）

以舟车兴者，如《诗·鄘风》的《柏舟》首章云：

> 泛彼柏舟，亦泛其流。髧彼两髦，实维我仪。之死矢靡
> 它，母也天只！不谅人只！

又如《王风·大车》首章云（此诗朱熹作赋）：

> 大车槛槛，毳衣如菼。岂不尔思，畏子不敢！

以服用兴者，如僮歌云：

> 衣裳无扣两边开。不得妹话哥难来。连妹不得真情话，寅
> 时得话卯时来。（《情歌》五四页）
> 新买水桶不用箍。妹你作事太糊涂！妹你作事好大胆，犹
> 如拦路打脚骨。（《情歌》四二页）

起兴本原是直接地"因所见闻"，但起兴的句子有时因歌者的偷懒省事
而成为套句，那就是间接的东西了。还有用这种熟句子，多少也有些取
其容易入人的意思。前曾述及小调中的五更调、十二月、十杯酒等，有
时只取其数目的限制，意思许和"更""月""杯酒"等毫无关连；在

这种情形时所谓五更、十二月、十杯酒，也只是起兴的形式而已。

现在的歌谣，从韵律上说，有以下几种：一、七言四句（或五句）的山歌；二、长短句的徒歌；三、弹词体的徒歌；四、小调。这四种中三、四的兴体极少（除了上节末尾所举的），一、二的兴体则甚多。因为三、四成体较晚，艺术较为完密之故。

辞格　辞格是指一些特别的表现形式而言。这些却不一定与结构有关，大多数只是修辞上的变化。兹分意义、字音、字形三方面论之。

一、关于意义的辞格

最常用的自然是比。郑玄《周礼》注引郑众云："比者，比方于物。"刘勰云："比者附也。……附理者，切类以指事。"朱熹云："比者，以彼物比此物也。"（《诗经集传》）

依陈望道先生《修辞学》，我将比分为譬喻及比拟二种：

（一）譬喻　陈先生说："思想的对象与另外的事物有了类似点，文章上就用那另外的事物，来比拟这思想的对象的，名叫譬喻格。"陈先生又分譬喻为三种：

1.明喻　是分明用另外事物来比拟文中事物的譬喻。正文与譬喻两个成分不但分明并揭而且分明有别，在这两个成分之间，常有"好像""如同""仿佛""一样"或"犹""若""如""是"之类的譬喻语词绾合它们。如《客音情歌集》五九云：

> 遇到你，好比罗浮遇到仙。罗浮遇仙无见面，看见我连在
> 眼前。

又如粤风有一首云：

> 妹金银——见娘娘正动兄心；眼似芙蓉眉似月，胜过南海
> 佛观音。（七页）

有时省去了这等字，把正文与譬喻，配成对偶、排比等平行句法，如：

> 新打的茶壶亮堂堂，新买的小猪不吃糠；新娶的媳妇不吃
> 饭，眼泪汪汪想她娘。（《孺子歌图》五三页）

又如粤风《思想妹》云：

> 思想妹——蚨蝶思想也为花。蚨蝶思花不思草，兄思情妹
> 不思家。（一页）

2.隐喻　隐喻是比明喻进一层的譬喻。正文与譬喻的关系比之明喻更为紧切。如《诗·卫风·硕人》云：

> 手如柔荑，肤如凝脂，领如蝤蛴，齿如瓠犀，螓首蛾眉，
> 巧笑倩兮，美目盼兮。

前四句是明喻，第五句便是隐喻。此类甚少。

3.借喻　比隐喻更进一层的便是借喻。借喻之中，正文与譬喻的关系更其密切，这就是全然不写正文便把譬喻用作正文的代表了。

如粤歌云：

> 揭起珠帘放凤飞，纱窗门外月蛾眉。阴影石榴不结子，虚
> 花枉杀少年时。（《情歌》二页）

首句与三四句皆借喻，次句则隐喻。又如：

> 竹篙打水两难开，问娘转去几时来。三箩有谷丢落海，唔
> 得团圆做一堆。（二八页）

首句是一个借喻，三四句是另一个。

4.象征　此地所谓象征，指"情调象征"而言，以表现情调、气氛、心境之类为主。前面三种与下文的比拟，都可说是"切类以指事"，只有象征并不要"切类"，只要有一种笼统的、模糊的空气就行。这种象征，中国普通总以入兴的项下。姚际恒说这是"兴而比也"，他解释为"未全为比而借物取兴，与正意相关者"（《诗经通论》）。《谈龙集》里说得更是明白："中国的诗多用兴体，较赋与比要更普通而成就亦更好。譬如'桃之夭夭'一诗，既未必是将桃子去比新娘子，也不是指定桃花开时或是种桃子的家里有女儿出嫁，实在只因桃花的秾艳的气氛与婚姻有点共同的地方，所以用来起兴。但起兴云者并不是陪衬，乃是也在发表正意，不过用别一说法罢了。"（六八页）但我以为这种象征在程度上或者不及其他三种，在性质上却与它们相同，而与起兴各别。从来关于比兴问题的症结，怕就在此，姚氏也尝言之。

我们从上面的引文里，知道《桃之夭夭》一诗有三种解释。除第三近乎滑稽之外，余俱讲得通；此外尚有一义，即此二句为纪候之语，亦通。这样看，此诗兼有赋比兴三义；郝仲舆谓，"兴比赋非判然三体，每诗皆有之"，也不无相当理由。本来兴比本身，原即是赋，与所兴所比者并列时，才有兴比之别。又比亦常代起兴之用。所以赋比兴的三分法，只是"一种"方便，不能严格判别，最好是将它们当作三个方面或三个态度。意思简单的作品，只具一方面；但意思复杂的则有兼具三方面的。

（二）比拟　将人拟物（即以物比人）和将物拟人（即以人比物）都是此种，兹分论之。

甲　拟人　如《吴歌》云：

跳虱有作开典当，壁虱强强作朝奉；白虱来当破衣裳，跳虱白虱打起来。

　　白虱话："你这尖嘴黑壳，东戳西戳，惹起祸来连我一道捉。"跳虱话："你这小头大肚皮，说话无情理，自家爿得慢，倒要怪我小兄弟。"

自神话或传说衍变的歌谣，也常用此法。如前举《风婆婆歌》、《一个小娘三寸长歌》都是。又如前举《草木歌》、《百花名》亦此种，但那些似乎是艺术关系多了。至其中"玄丹花鼻子"、"樱桃花口"、"雪花银牙"、"元宝花的耳朵"等语，则都是隐喻。

　　乙　拟物　如《诗·卫风·硕鼠》首章云：

　　硕鼠，硕鼠，无食我黍。三岁贯女，莫我肯顾。逝将去女，适彼乐土。乐土乐土，爰得我所！

此诗是复沓格，下二章只易数字。《诗序》云："《硕鼠》，刺重敛也。国人刺其君重敛，蚕食于民，贪而畏人，若大鼠也。"这个解释是不错的。这首诗全用比体，这样的诗在歌谣中是不多的。

　　又如《小雅·鹤鸣》次章云：

　　鹤鸣于九皋，声闻于天。鱼在于渚，或潜在渊。乐彼之园，爰有树檀，其下维谷。他山之石，可以攻玉。（上章只易数字）

《诗序》"《鹤鸣》，诲宣王也"，《笺》云"诲，教宣王求贤人之未仕者"。是否"诲宣王"，虽不可知，但所谓"求贤人之未仕者"，是可以解得通的。这首诗用三种比拟，以明一意，与《硕鼠》格又不同。

　　又如《客歌》云：

　　娘门花木般般有，我想行前采一枝，我想行前采一朵，问娘心中样何如？（《客音情歌集》三七页）

花木似乎比拟肢体，这与上例笼统比拟者有别。

陈望道先生将譬喻列在联合类的辞格中，比拟列在幻变类的辞格中。联合类是"联合旁的意象来增加原意象的情趣或光彩"，幻变类"是由思想的幻变而成的修辞现象"。但他又说："比拟其实便是一种譬喻。特一就两物相似处言，一就两物相变处言罢了。"照这样看，譬喻可以包括比拟了。但我以为二者虽相似而来源实异。比拟是由万有有生论（Animism）思想而来，万有有生论是低等的宗教，其源甚古。大约拟人是先有的形式，拟物则系转变，已是艺术的关系多了。后来的拟人也重在艺术的关系，如《百花名》等，意在以花名编成歌唱，才采用拟人的形式，以引人兴味。

（三）铺张　陈望道先生说："说话上张皇铺饰，过于客观的事实处，名叫铺张"。王充称为"艺增"。《文心雕龙》称为"矫饰"。范文澜先生论之云："盖比者……其同异之质，大小多寡之量，差距不远，殆若相等。至饰之为义，则所喻之辞，其质量无妨过实，正如王仲任所云，'誉人不增其美，则闻者不快其意；毁人不益其恶，则听者不惬于心。闻一增以为十，见百益以为千。'庄子亦曰，'两喜必多溢美之言，两恶必多溢恶之言。'情感之文，意在动人耳目，本不必尽合论理学，亦不必尽符事实；读诗者，'不以文害辞，不以辞害意'，斯为得之。"（《文心雕龙讲疏》卷八，七页）《诗·卫风·河广》次章云：

> 谁谓河广？曾不容刀！谁谓宋远？曾不崇朝！

这首诗全是赋，二四两句都是铺张的，极言宋之近而易渡。又如《乐府·陌上桑》有云：

> 行者观罗敷，下担捋髭须；少年见罗敷，脱帽着帩头。耕者忘其犁，锄者忘其锄；来归相怨怒，但坐观罗敷。

这是形容罗敷之美的。又如《孺子歌图》有歌云：

> 豌豆糕点红点儿，瞎子吃了睁开眼儿，瘸子吃了丢下
> 拐，秃子吃了生小辫儿，聋子吃了听的见，老老吃了不掉牙。
> （七九页）

这是形容豌豆糕的好处，吃了它，不可能的都变可能了。又《吴歌》
云：

> 一支清香七寸长，呜呜沉沉哭爹娘；哭得长江水干河底
> 迸，铁树开花难见娘。（《乙集》八四页）

这是极言其哀。又如《客歌》云：

> 日光东大都无用，十五团圆要缺边。亲娘好比大星宿，彭
> 古开灯千万年。（《客音情歌集》二一页）

这是形容情人的美妙，或祝其华年久驻之意。以上都是刘勰所谓"意深
褒赞，故义成矫饰"。至于"溢恶之言"，则嘲笑歌中多有之。如前举
《鬎鬁姐歌》及《肥人宝塔歌》，均系此种。

（四）颠倒　甲、事理颠倒　《吴歌》云：

> 四句头山歌两句真，后头两句笑煞人：蜊虮出扇飞过海，
> 小田鸡出角削杀人。（《乙集》一〇九页）

> 小人小山歌，大人大山歌。蚌壳里摇船出太湖，燕子衔泥
> 丢过海，鳑鲏跳过洞庭山。（《甲集》四页）

此皆不可能之事。由第一例，知山歌中颇多此种；由第二例，更知此种多在儿歌中。上条所举《豌豆糕点》一歌，也是用颠倒的形式来达到铺张目的的。

乙、次序颠倒如前举湖北的《倒唱歌》是。

丙、词句颠倒如《孺子歌图》一歌云：

> 忽听门外人咬狗，拿起门来开开手。拾起狗来打砖头，又被砖头咬了手。骑了轿子，抬了马，吹了鼓，打喇叭。（四六页）

前四句是句格颠倒，后二句是用字颠倒。

（五）反话　如《枫窗小牍》载宣和中有反语云："寇莱公之知人则哲；王子明之将顺其美；包孝肃之饮人以和；王介甫之不言所利。"该书谓"此皆贤者之过，人皆得而见之者也"。

二、关于声音的辞格

钟敬文先生在《民间文艺丛话》里称为"双关语"，朱湘先生在《古代的民歌》里（《中国文学研究》）称为"字眼游戏"，徐中舒先生在《六朝恋歌》里（《一般》三卷一号）称为"谐音词格"。"双关"与"谐音"各为这种词格之一面。这种词格在唐以前，大约是民歌里所专有。钟敬文先生说，"最大的缘故是歌谣为口唱的文学，所以能适合于这种利用声音的关系的表现"（《民间文艺丛话》三六页），这是不错的。又有人说，用这种辞格的多为恋歌，恋爱的事，有时不便直陈，故用此法，这话也有理。兹分三种述之：

（一）谐音　以同音异字为隐，叫做谐音。如《子夜歌》云：

> 高山种芙蓉，复经黄蘗坞；果得一莲时，流离婴辛苦。芙蓉谐夫容，莲谐怜。

又《粤歌》云：

古井烧香暗出烟，唔知老妹乜人连，饭甑落镬又无盖，米筛做盖气飘天。（《民间文艺丛话》三七页）

烟谐冤，意谓想而不可得的冤枉（钟说）。前举物谜中"叫糖吃勿得，叫锣敲勿响"，亦属此种。其较复杂的，则如古诗云：

藁砧今何在？山上复有山。何当大刀头，破镜飞上天。

藁砧者，砆也，谐夫字；大刀头，环也，谐还字，这是多转了一个弯。这首诗虽名古诗，当是民谣。

（二）双关　以同字别义为隐，如《子夜歌》云：

始欲识郎时，两心望如一；理丝入残机，何悟不成匹。

匹字兼布匹、匹配二义。又《粤歌》云：

壁上插针妹藏口，深房织布妹藏机；灯草小姑把纸卷，问妹留心到几时。（《粤风》十七页）

机兼织机、心机二义，心兼灯心、人心二义，其较复杂的，如《粤歌》云：

妹鸳鸯，小弟一心专想娘；红豆将来吞过肚，相思暗断我心肠。（《粤风》八一页）

红豆一名相思子，此相思兼物名、人情二义。

（三）影射　如《子夜歌》云：

今夕已欢别，会合在何时？明灯照空局，悠然未有期。

徐中舒先生说方局是影射博字，再以博谐薄音，以棋谐期音。但歌中却已写明期字，这当是记录者因在此处写明期字较大方，在口头上当然是念棋字的——这属于谐音格。又如西曲《石城乐》云：

闻欢远行去，相送方山亭；风吹黄蘗藩，恶闻苦离声。

以黄蘗之味苦影射苦字，藩古音与分同在邦母，故以影射分离。（藩字亦谐分字）前引的"复经黄蘗坞"一语同此。

谐音与双关，广义地说，也是一种比。这种六朝时吴声歌中最多，今则粤歌中最多（《粤讴》客家歌谣中均有，而在后者中尤为常见）。且有与《吴声歌曲》同者，如以丝为思便是。

三、关于字形的辞格

这便是拆字格。前举"千里草"、"小儿天上口"、"一片火两片火"等皆属之。山歌如客歌云：

王字加点系你主，天字出头系你夫。门内肚内加一口，问娘有意嬲郎无。（《客音情歌集》一二○页）

字谜也当属此。又山上复有山，为出字，亦此类。

谜语除谐声、拆字外，不外赋比两种。此只用借喻、拟人、拟物三式。如嘉属烟谜云：

望去一条桥，走去软么么；好的斧头斩不断，一阵风来就吹断。

这是借桥喻烟。又如：

> 倒挂莲蓬吃不得，绣花枕头困勿得，青铜棍子使不得。
> （均见《民俗》二二合刊）

谜底是蜂巢、刺毛虫、青箫蛇，也是借喻，但不止一物罢了。又如水烟筒谜云：

> 伍子胥守住潼关，白娘娘水没金山；诸葛亮用火攻，赤壁
> 烧红。（均见《民俗》二二合刊）

这也是一种借喻：人名、地名，不过以资点缀，与正义无关，所重者是每句的后半——潼谐铜字。又如《孺子歌图歌》云：

> 一朵芙蓉顶上栽，锦衣不用剪刀裁；虽说不是英雄汉，一
> 声叫喊万门开。

谜底是鸡。首二语是借喻，但就全体说，却是拟人。而用"不用""不是"字样，是反拟，与正拟只形式相异。又如嘉属谜语云：

> 爹娘蓬头，养个儿子尖头。（同上）

谜底是笋，这也是拟人。又如：

> 红墙门，白户槛，一只虾蟆跳勒跳。（同上）

谜底是口。这是以人拟物的。